ヒーリング・ストリングス

Translated to Japanese from the English version of

Healing Strings

Manmohan Sadana

マンモハン・サダナ

Ukiyoto Publishing

All global publishing rights are held by

Ukiyoto Publishing

Published in 2023

ISBN 9789359200637

www.ukiyoto.com

献身

愛する妻アバと愛する子供たち、アマンとシムラン

日を追うごとに、私の一部は消えていく、

でも、あなたへの愛は永遠に生き続ける。

「あなたのスカートの裾に落ちる私の涙
今日は涙が出るかもしれない、
でも明日は、あなたのタッチの魔法で、
がスターになる。

サント・ダルシャン・シン・ジ・マハラジ

□ □

プロローグ

東京は雨で肌寒かった。墨田タワーの窓際に座っていた彩奈は、マンドリンを弾きながら、一日の仕事を終えて帰宅する人々を見送った。赤、青、緑、黄色、黒、白など、さまざまな色の傘がずらりと並んだ。風邪や花粉、未知のウイルスの感染を防ぐために、人々はサージカルマスクを着用していた。理由はいろいろあるが、1945 年 8 月 6 日の広島への原爆投下や 8 月 9 日の長崎への原爆投下によるスモッグや有毒な空気の残骸が原因ではないことは確かだ。これらの災害は、歴史書、遺跡、政府文書、小説、漫画、そして高齢者の記憶から失われていった。しかし、これらの災害の影響はいまだに何らかの形で日本人に影響を及ぼしていると考える人もいる。その傷跡は身体だけでなく、精神や魂にも刻まれている。一国の一瞬の狂気が、他国の市民、医療、社会基盤を破壊した。

60 年が過ぎ、人災による 12 万 9000 人の死は、日本の人口の大部分にとって遠い記憶となった。広島と長崎でも、その後数ヶ月の間に同じような人数が放射線のために亡くなった。様々な種類の癌が蔓延し、中でも白血病は最も致命的であった。この悲劇が起きた直後の懸念のひとつは、放射線が被爆者の間に生まれた子供たちにどのような健康影響を及ぼすかということだった。原爆は、敵でさえ予見も夢想も予測もしていなかった恐怖を解き放った。このような爆弾がどの国にも投下されたのはこれが初めてだった。この攻撃によってもたらされた唯一の恩恵は、第二次世界大戦の終結だった。

震災から数カ月後、広島から 100 キロ離れた場所に住む両親のもとに生まれたのが、アヤナ・ミチカオだった。無邪気でおとなしく、魅力的な彼女は、10 代後半に基底細胞がんの犠牲となった。芽生えた種は、花を咲かせる前に摘み取られようとしていた。神の恩寵により、この事態は事前に察知され、コントロール下に置かれた。彼女の腫瘍医は、アヤナの皮膚がんは広島の原爆が原因ではないかと考えていた。彼女は一命を取り留めたが、何人かはそれほど幸運ではなかった。痛み、悲しみ、喪失の物語が今も聞こえてくる。どの家庭でも、震災によって身近な人や親しい人にまつわる何かを語ることがある。

日々は月となり、やがて年となった。2010 年 1 月の今日、*桜の*模様が入った絹の*着物を*着た綾菜が窓辺に座っていた。マンドリンの 8 本の弦を弾くプレクトラムの速い動きは、彼女の気持ちを反映していた。彼女のボウルバック・マンドリンから生まれる音楽は、神聖な旋律で空気を満たした。彼女は病気の時にアンティークショップでこの楽器を手に入れ、人生の節目節目でこの楽器と一緒に過ごしてきた。ふたりは、音楽の美学的、精神的な側面にまで踏み込んだ治療関係を築いていた。アストラル、因果、超因果の諸次元へと、彼女だけでなくリスナーの魂をも超越する乗り物だった。彼女の音楽を聴く者は、決して変わらない、とよく言われた。体中の原子が恍惚と踊り出すような魅惑的な効果があった。

今世紀に入り、彩奈は隅田川を見下ろすアパートの一室に、愛染明王音楽院を開設した。マンドリン愛好家、*三味線を習*っている人、*琴*奏者、音楽愛好家、自分の気持ちを表現したいミュージシャン、そしてマンドリン愛好家同士の出会いを求めている人たちのためのプラットフォームだった。そしてさらに、彼らが夢を実現するために必要な専門知識を与えてくれた。唯一の資格は、夢を持ち、どんな犠牲を払ってもそれを実現したいという本質的な欲求を持っていることだった。アヤナは夢の商人だった。先生は理想的な受け皿を探していた。日本には国際社会に属する多くの生徒がいるにもかかわらず、彼女は今日に至るまで、自分の芸術の複雑さを完全に注ぎ込むことのできる新進の才能を見つけられなかった。待ち時間はかなり長かったが、永遠ではなかった。彼女はまだラージ・シンには会っていない。

ビッグ・ワン

ラジは銀座の雑居ビルの 13 階にあるトリニティ広告代理店で働いていた。彼は回転椅子に座り、タージ・マハルの画像をクライアントに見せていた。その時、彼の手からデルのノートパソコンが滑り落ち、プリンターがガラガラと音を立て始めた。温水の入ったグラスが机の上を滑り、ぐらつくサイドテーブルの上のキャニスターがスタンドにぶつかり始めた。そのスタンドから、ヒンドゥー教の破壊神である高さ 5 フィートのシヴァ神の像が、部屋の中央に置かれたガラステーブルの上に勢いよく倒れ、粉々に砕けた。このとき、ラジはこれがビッグワンになると悟った。過去 20 年間、地震学者はそれを予測していたが、日本はそれを待ち望みすぎていた。不安は現実のものとなった。今日は不吉な日だった。

東北の東約 70km を震源とするマグニチュード 9.0 の地震が日本を襲った。日本時間 2011 年 3 月 11 日午後 2 時 46 分だった。日本は完全に変わり、ラジも変わった。秘書の恵美子は、*南無妙法蓮華経という*真言を唱え始めた。彼女は彼の手を引っ張り、テーブルの下に引きずり下ろした。彼女は赤いヘルメット、懐中電灯の入ったハンドバッグ、水筒などの防具を彼に渡した。ビルが大きく揺れ動くのを感じ、ラージはショック状態に陥った。回転椅子の後ろにある大きなガラス窓に目をやると、ラージはビルが振り子のように揺れているのを目撃した。恵美子は彼の手のひらに手を置いて慰めた。ショックの強さが増すにつれて、彼は恵美子の手を強く握り、爪を突き刺した。本が入っていた戸棚が床に崩れ落ち、クリスタルのショーケースが床に散乱した。ラージの脳裏には、ムスカーンの姿だけが点滅し続けていた。彼はまた彼女に会えるのだろうか？最愛の妻。

あまりの振動の激しさに、ラジはテーブルにしがみつき、恵美子の手を握ることしかできなかった。彼女のメロディアスな歌声が唯一の希望だった。壁には仏陀の絵が左右に揺れていた。シヴァ神（ヒンドゥー教の神）がタンダヴァ（創造、保存、消滅のサイクルを表す力強い踊り）を踊っているようだった。ダンス」は突然止まったが、彼はまだ揺れを感じていた。彼がまだ生きていて、テーブルの下に座っていたなんて信じられない。自分たちが経験したことを完全に理解するのは、まだ先のことだった。その後、余震が続いた。

「恵美子さんこれは何なんだ？ラージが叫んだ。

「じっとしていなさい。と恵美子は穏やかに答え、再び唱え始めた。

ラジはこの 2 年間、東京滞在中に毎週 5 回から 10 回の小さな地震を経験している。余震の強さはそれほどでもなかったが、人々の恐怖指数は頂点に達していた。ようやく余震が止んだ。しかし、恵美子とラージは、建物がまだ揺れているように感じ続けた。勇気を出してテーブルの下から這い出てくるまでに 1 時間以上が経過した。すべてが混乱していた。歩く場所もないほどだった。床には割れたガラスの破片が散乱し、家具や美術品はひっくり返っていた。ラジは隣のパントリーに行き、蛇口を開けた。水が流れると、彼は手のひらで水を飲み、頭や顔に水をかけた。冷却効果によって、彼は自分がまだ生きていることを実感した。彼は、水道の蛇口の上の壁にかけられた、ひび割れた鏡に映った自分の顔を見た。彼はしばらくの間、目を閉じていた。ラージが目を開けると、エミコが緑茶を持って彼の前に立っていた。彼は一口飲みながら、なぜ彼女がこのような逆境の時にこれほどまでにストイックでいられるのか考えた：これは日本の人口の大多数に見られる特徴である。ラジは日本滞在中にそのことに気づいていた。東京のスカイラインを支配する鉄骨建造物である東京タワーには、「がんばろう日本」と書かれたネオンが輝き、困難な時代に耐え忍ぶ日本の姿を映し出していた。世界は終わりを迎えようとしていたが、恵美子にとっては新たな始まりだった。それはラジにとっても同じだった。人生は二度と元には戻らない。

ラージはゆっくりと廊下に出て、エレベーターに向かった。恵美子が後ろから声をかけた！私たちはそれを受け取れない。警備員を呼びましょう。インターホンが使えるといいんだが......」。インターホンは壊れていた。ラジは携帯電話を試したが、これも通じなかった。信号はなかった。突然、照明が消え、部屋が暗闇に包まれた。彼は背中を壁につけて、一歩後ろに下がった。彼は目を閉じ、深呼吸をした。ラージはインドの霊能者から教わった 5 つの聖なる言葉を繰り返し唱え始めた。彼の身体の隅々まで、平和と静けさが降りてくるようだった。ラージは自分の中にさまざまな色の閃光を見た。目を開けると、照明システムが再起動していた。彼は恵美子の手を握り、"非常階段で行こう"と言った。

返事を待たずに、ラージは彼女を引っ張って階段を下り始めた。螺旋階段は錬鉄製だった。ビルは 13 階建てだったが、階段には誰もいなかった。他のみんなはビルから避難したのだろうか、それともまだオフィスにいるのだろうか？トリニティ広告代理店の従業員は 10 人で、うち 2 人が 13階、8 人が 12階にいた。不気味な沈黙が訪れた。自分の心臓の鼓動が聞こえる。2 人が気づかなかったのは、地震発生から 2 時間以上が経過していたことだ。おそらく、すべての人が帰ってしまったのだろう。一歩一歩、階段が傷んでいないことを祈った。人っ子ひとり見当たらない。ラジは、一歩一歩が未知の世界に足を踏み入れていくような感覚を覚えながらも、恵美子と一緒に 13 階まで降りていく決意を固めた。

6 階の鉄の手すりは壊れ、4 階では階段がボロボロになっていた。しかし、彼らは足を滑らせたが、幸運なことに最後の 2 段目から足を滑らせ、地面にドスンと着地した。立ち上がると、彼らは急いで裏口からロビーへ、そして正面玄関から出て行った。道路は、近くの雑居ビルから出てきたであろう人々で混雑していた。衝撃、驚き、そして畏敬の念が、彼らのすべてをひとつの絆で結んでいるように見えた。建物の外では、警察車両や救急車がサイレンを鳴らして各方面へ急行した。自動車、バイク、自転車がそれぞれの方向に向かって疾走していた。苦痛と苦悶の叫びが空気を引き裂いた。そのときラジは、自分がまだ恵美子の手を、まるで恵美子が唯一の恩人であるかのように握っていることに気づいた。彼女の手を離せば、自分の命がにじみ出るような気がしたのだ。

人々は移動せず、その場にとどまるよう定期的にアナウンスされていた。地下鉄や公共バスは、線路や道路への被害を測るため、一時的に運転を見合わせた。自家用車はまだ道路を走っており、同じ方角に住んでいれば、見知らぬ人に声をかけている人を見かけたのは心強かった。携帯電話は故障し、人々は愛する人と連絡が取れるかもしれないという希望に反して、必死に番号を打ち込んでいた。恐怖と不安が支配的な感情だった。配偶者のことを心配する者もいれば、子供のことを心配する者もいた。ある者は年長者を心配し、ある者は友人を心配した。

そんな生々しい感情の中、恵美子は家で飼っているシャム猫を心配していた。彼女は、ペットがショックを受けているだろうと思い、すぐに家に帰りたがった。自宅は 10 キロほど離れており、ラジがいくら説得しても、愛子の無事を確認するために家に帰ることを止めることはできなかった。ラジは彼女の手を握り続け、その目は絶望を映し出していた。彼女の手を離すと、彼は痛みと苦しみの中に取り残されてしまう。彼は怖がっていた。とても怖い。ラジが彼女を見ると、彼女は泣きそうになっていた。

ラジ「恵美子さん、愛子のことを心配してくれているのが伝わってきます。しかし、今すぐ帰国するのは適切な時期ではない。何が起こってもおかしくない。道路や建物の被害状況もわからない。今いる場所に留まるよう、定期的にアナウンスされている。再考してほしい。愛子は大丈夫だ”

「ラジさん......愛しい愛子と離れて過ごす時間は耐え難いものです。彼女は怖がるだろう。私の愛子！頼むよ！行かなくちゃ」。

ラジは恵美子の手をゆっくりと緩め、恵美子はラジを強く抱きしめた。ラジも同じように彼女を強く抱きしめた。彼は彼女を手放したくなかった。彼は彼女の額にキスをした。嬉しさと安堵の涙を流しながら、恵美子は振り返って立ち去った。

ラジもそうだった。彼は銀座から 1 キロ離れた隅田川近くの高層タワーに住んでいた。歩道を歩くのは容易ではなかった。自転車で家路を急ぐ人々や、目的地に向かってスピードを上げる車で道路は渋滞していたからだ。まるで、街の人々が親しい人たちのもとへ家路を急ぐかのようだった。ラジもまた、自分のアパートに向かって足早に進んでいた。何人かの人々が歩いて、あるいは走って家に向かっているのが見えた。ほとんどの店がシャッターを下ろしていた。通りかかった「ナイン・オー・ナイン」が開いていたので、ラージはバナナを買おうとそこに入った。キャッシュ・カウンターで、少女は彼に「残りは他の人が持っていくから、2 つか 3 つ持っていって」と頼んだ。彼女は、アウトレットの在庫が数日中に補充されるとは思っていないと語った。ラジは彼女の先見の明に感心し、同意した。20 分ほどで、ラージは外交官や多国籍企業の従業員が住む、新しく建てられた多層タワー、ウエスト・エンド・タワーズに到着した。ビルの受付付近には人だかりができていた：エレベーターは閉鎖されており、階段を上るしかなかった。警備員はまだ住民に階段の使用を許可していない。ほとんど口をきかなかった隣人同士が、共通の経験、安堵、危険の認識という糸で結ばれていた。誰もが異なる物語を持っていた。互いのため息に耳を傾けていると、しばらくの間だけでも自分たちの惨めさを忘れることができた。

住民に階段の使用が許可されたのは午後 9 時頃だった。下の階に住んでいた住民は階段を駆け上がり、家にたどり着いたとき、家の中の状況を見て驚愕した。ソファは逆さまに傾き、食器棚は床に倒れ、食器の破片が床に散らばっていた。ラジは 13 階に住んでいて、一度に 2、3 段ジャンプして駆け上がった。13 は彼のラッキーナンバーだった。1301 号に到着する頃には、彼はハァハァと息を切らしていた。ためらいがちにアパートのドアを開けたとき、彼は自分の霊能者の写真が床に転がっているのを見つけた。その他はすべて無傷だった。まるで地震が彼の家をそのままにしておいたかのようだった。どうしてこんなことが可能なのか？地震で被害を受けるのは最上階だ。奇跡か神の恩寵のどちらかに違いない。その日の出来事に疲れたラージは、クリーム色の革張りのリクライニングチェアに腰を下ろし、フットレストに足を伸ばした。彼は目を閉じて深呼吸をし、テレビのスイッチを入れた。マグニチュード 9.0 の地震が日本を襲う。津波はその後に続く。

東北地方で放映された映像は、恐ろしく衝撃的だった。根こそぎ倒れた木々、倒壊した家屋、浮かんだ車、壊れたボート、そして半分埋もれた死体が画面を埋め尽くした。自宅の安全な環境から、ラージはテレビに映し出されるそのようなシーンを、ひどい映画を見ているように感じた。自然の猛威がラジの第二の故郷である日本を襲ったのだ。まるでテレビ画面の中で起こっていることの一部であるかのように感じた。家族 4 人を乗せたトヨタ車が水流に流されたとき、彼は悲鳴を上げた。

目をテレビ画面に釘付けにしたまま、彼の心は何千キロも離れた妻に向かった。ムスカーンは何千キロも離れたところにいて、ラージは彼女と話す必要があった。彼女の穏やかな声を聞きたかったのだ。自分が無事で、子供たち（アルマンとアミーナ）とおしゃべりしていることを伝えるためだ。電話を取ると、彼の目から涙が流れ落ちた。悔しさのあまり、彼はソファのリクライニングチェアに倒れ込み、目を閉じた。この数時間の間に起こったことは圧倒的だった。彼は世界が終わりに近づいていると感じていた。手足を上げる気力もなかった。股の下に軽い痛みがあり、不快だった。ここ数日、この痛みに悩まされていた。テレビを見ながら、津波の映像は耐え難いものだった。同じ映像が繰り返し放映されていた。BBC、CNN、NDTV、India Today などが同じニュースを流していた。これらのチャンネルはインドでも同じニュースを放送している。インドのニューデリーにある彼の家では、それが恐怖を生み出しているに違いない。親しい人たちの電話は鳴りっぱなしで、妻のムスカーンはその対応に追われ、夫のことを直接知ることはできない。

刻一刻と時間が過ぎるにつれ、彼は眠気を感じ、ソファーのリクライニングチェアで眠りについた。テレビはついていたし、照明もついていた。幸いなことに、パトカーのサイレンやヘリコプターの音は彼のアパートには聞こえなかった。ラジが眠っている間、救急隊は母なる自然との負け戦に挑んでいた。東北地方の被害を最小限に抑えるため、日本の関係機関は全力を尽くしていた。東京では、国民は「近いけど、そこまでではない」と感じていた。神の恩寵がなければ、もっと悪くなっていたかもしれない。ラジは熟睡を続けた。原爆の被害者である日本人は、より緊密な絆を結び、効果的に対応し、より強くなると確信していたからだ。原爆であれ、戦争であれ、地震や津波であれ、個人的な災害であれ、日本人は立ち直るコツを持っている。ラジはこの社会の一員であり、彼もまたこの態度を受け入れていた。

ラジが家で寝ている間、何百人もの人々が一晩中オフィスに残っていた。多くの人が郊外に住んでおり、彼らの家に行くための交通手段はなかった。余震が来るのを待ち、天井に吊るされたライトを見つめ続ける人もいた。ある者は空腹であり、ある者は喉が渇いていた。レストランは閉店し、食料品店や菓子店も閉店した。薬局でさえシャッターが下りていた。いくつかのビルのネオンがまだ見える。ミスティック・インディア」というブランド名のベロタクシーが銀座界隈を走っていた。トリニティ広告代理店はこのキャンペーンを市内で展開し、ラジはそれに携わった。

隅田川の両岸は静寂に包まれていた。対岸からメランコリックな音楽が聞こえてきた。おそらく誰かが弦楽器を弾いていたのだろう。その音は高音で耳に心地よい。川の向こう岸ではラジが深い眠りについていたが、日本の別の場所では救急隊員が遺体を運び出し、瓦礫を撤去していた。科学者たちは密室で、原子炉が爆発しないように管理することで、さらなる被害を抑える戦略を練っていた。この仕事は困難を極め、危険で、命取りになりかねない。国は原子炉に入り、汚染や有毒ガスの噴出がさらなる被害をもたらさないようにコントロールするボランティアを必要としていた。原子炉まで歩いて行くのは死の谷へ進むようなもので、帰りは保証されていない。国は勇敢な人々の犠牲を必要としており、多くの志願者がいた。地震に続いて津波が起きれば、核の放射性降下物が発生するかもしれない。何が起こったのか、そしてそれ以上のことが差し迫っていた。このような災難の中、ラジは横向きになり、リクライニングソファで寝た。眠っている間、彼は霊能者から授かったマントラを繰り返し唱え続けた。

攻撃

ラージの居間には、白いカーテン越しに太陽の光が差し込んでいた。午前 5 時、ラージはソファから立ち上がると、急いでトイレに向かった。左の睾丸の痛みは耐え難いものだった。尿意を催したのでトイレに行った。便座に座ったとき、突然の痛みに襲われ、左の壁にある赤いボタンを押して床に倒れ、意識を失った。階のレセプションでベルが鳴り、あっという間に警備員たちが彼のアパートに入ってきた。彼の状態を見て、セントポール国際病院の救急病棟に通報し、15 分後には救急車がウエストエンドタワーの駐車場に到着した。意識を失っていたラージは、トイレの床から抱き上げられ、担架に乗せられて運ばれ、救急車で病院に運ばれ、病院の ICU 棟のベッドに移されたことに気づかなかった。

人の医師と 3 人の看護師からなるチームがラージのベッドに駆け寄り、服を着替えさせ、すぐに心拍モニターと酸素マスクを取り付けた。右腕に静脈カテーテルが挿入され、病理検査のために採血された。彼らは点滴カテーテルに薬の入った注射器を挿入し、数分後にはラジは意識を取り戻し始めた。彼は朦朧とし、まだショック状態にあった。白衣、上着、スカートに身を包んだ人々が彼の周囲を動き回り、彼らがつぶやくいくつかの言葉--『CRP が非常に高い』、『ESR が非常に高い』、『血圧が高い』、『すぐに全身を CT スキャンする』--を聞いた。これらすべてが彼には理解できなかった。彼は、この言葉が自分のケースに関係しているのか、それとも ICU 棟の他の誰かのケースに関係しているのか疑問に思った。

ラジの意識は完全にあり、CT スキャンにかけられた。彼は何が起こっているのか理解できなかった。左の睾丸に痛みがあり、トイレに駆け込んで排尿したことを思い出した。突然の痛みが股間を襲ったとき、彼はトイレの緊急用赤いボタンを押していた。それだけだ。その後のことは覚えていない。テレビで見た震災の映像を思い出したが、今起きていることは別の災害が近づいているように思えた。点滴カテーテルに青い液体が注入され、注入された薬のせいか少し暖かく感じた。その後、彼の体は CT スキャン装置に通され、検査は 30 分で終了した。検査が終わると、ラジは ICU 棟のベッドに戻された。彼は少し気分が良くなり、知り合いと話したがっていた。彼は電話を要求したが、丁寧に、しかし断固として拒否された。ラジは落ち着きがなかった。彼は何が起きているのか知る必要があった。日前まで元気で会社から歩いて帰ってきた人が、どうしてこんな状態になるんだ？悪い夢を見たようだった。何が起こったのか、彼の想像を超えていた。ラージはベッドから立ち上がろうとしたが、それを見た看護師たちは、優しく、しかししっかりと彼を再び横にさせた。彼はもう一度試みたが、効果はなかった。注射された薬で眠気を催し、ラジはすぐに眠りについた。

数秒が数分になり、数分が数時間になった。彼が起き上がったのは夕方だった。恵美子は医師と一緒に彼の前に立っていた。医師は言った。あなたはセントポール国際病院にいて、私の治療を受けている。気分はどうですか？

ラージは弱々しい声で答えた。誰が私をここに連れてきたの？私は病気ですか？本気ですか？

「リラックスしてください。安心してお任せください。あなたは高安動脈炎を患っています。自己免疫疾患である。数日間は入院してもらうことになるかもしれません」。

「この病気は何ですか？

「高安動脈炎は血管炎の一種です。簡単に言えば、 あなたの体の免疫 システムは

血管壁を誤って攻撃する。あなたには動脈瘤が 9 つある。

動脈とその成長は 24 時間体制でモニターされる。を実施しなければならないかもしれない。

超音波検査と CT スキャンを定期的に行っている
。

「この病気は聞いたことがない。どうやって手に入れたんだろう？

「まれな病気で、100 万人に 1 人の割合で発症する。この病気の原因は不明である。研究はまだ続いており、近いうちに突破口が開けるかもしれない。しかし、私はチームとともにそれをコントロールすると確信している」。

そう断言すると、ノリ博士は立ち去った。恵美子はラージの額に手を置いた。彼女の目は赤かった。彼女は泣いていた。ラジさん、ICU 棟の面会時間が終わったので、失礼します」。明日の朝、ムスカーンと一緒に会おう」。

ラジが反応する前に、彼女はドアに向かって歩き出した。エレベーターに着くと、彼女は涙を流した。壁に寄りかかりながら、彼女はゆっくりと床に沈んだ。嗚咽を漏らしながら、彼女は組んだ膝の上に頭を置いた。

ラージは戸惑いながらベッドに座った。この 36 時間の間にいろんなことがあった。地震から高安動脈炎まで、ジェットコースターのようだった。さて、なぜムスカーンが来たのか？誰が、なぜ彼女に知らせたのか？ラジは疲れていた。彼は屋根を見つめ続けた。看護師が通りかかったので、彼女を呼んだ。

「マーム！頼むよ。携帯電話を少しお借りできますか？″

「いいえ！ICU では電子機器の使用は禁止されています」。

「お願いだ！頼むよ！数秒間だけお願いします」。

彼の懇願に心を動かされた看護師は、医師に確認し、携帯電話を渡した。ラジはムスカーンの番号に電話をかけ、彼女が電話に出て「元気？

「私は大丈夫だ。私はセントポール国際病院にいます。なぜ医師たちが私を無理やりここに閉じ込めているのかわからない。心配しないで！おそらく、彼らは間違いに気づいて、すぐに私を解雇するだろう」。

ムスカーンは彼の声を聴いて涙を流した。彼女が話す前に、接続が悪くなって切れてしまった。看護婦は彼の手から携帯電話を取り上げると、自分のテーブルのほうへ移動した。ラジはどうすることもできなかったが、少なくとも自分の状態を彼女に伝えられたことに安堵した。東京への旅に不安はないだろう。

左の睾丸の痛みはいくらか和らいだ。その日の出来事に圧倒された彼は、目を閉じ、スピリチュアルな熟練者から教わった 5 つの聖なる名前を繰り返し唱え始めた。感覚が落ち着くと、彼は深い眠りについた。薬が効いていたんだ。モニターによると、彼の心拍は正常で、血圧、体温、酸素濃度などの他の身体パラメータも正常だった。

朝、9 時過ぎに目を覚ますと、ムスカーンがベッドの横に立っていた。彼女は 1 時間前にシンガポール航空で到着し、エミコは成田空港で彼女を出迎え、ムスカーンを病院まで案内した。面会時間』は終わったが、医師たちはムスカーンがラージに面会することを数分間許可した。彼女は優しく彼の額に手を置き、髪をかきあげた。チューブ、機械、薬、照明、痛みと苦しみに満ちたこのホールで、ラージの頭を愛おしそうに動かす彼女の手は、彼にとって救いとなった。彼は弱々しく微笑み、リウマチ科部長の大倉ヒロ医師が彼らに近づいてくるのを見た。シンさん、少しお話があります。私の部屋に来てください」。

「そうだ。確かに」。

二人は ICU 棟の反対側の廊下にある大倉医師の部屋に向かった。部屋は明るく、テーブルの上には本や書類が整然と積み上げられ、サイドテーブルには大きなモニターに接続されたノートパソコンが置かれていた。シンさん、ラージの容態は深刻です。高安動脈炎と診断される。大・中サイズの血管に炎症がある。ラジの動脈には 9 つの動脈瘤があり、いつ破裂するかわからない。これは致命的かもしれない。治療の第一選択として、プレドニゾロンを投与しました。このグルココルチコイドに対する反応から、すぐにメトトレキサート、シクロホスファミド、アザチオプリンなどを追加することになるだろう。また、動脈瘤の大きさを測るために、定期的に超音波検査と CT 検査を行う予定です」。

「どうしてこの病気に？

「非常にまれな病気です。原因がわかればいいのだが。そうすれば治療も楽になる。この分野ではあまり研究が進んでいない。自己免疫疾患である。

「彼の可能性は？ムスカーンは目に涙を浮かべながら尋ねた。

「今、それを述べるのは難しい。最近では、画像診断の進歩により、高安動脈炎の診断は改善されてきている。患者の 70%から 80%では寛解し、80%以上で再発する。現在、心配なのはラジの左腕の鎖骨下動脈が肩付近でほぼ閉塞しており、左手首の脈が弱いことだ。高安動脈炎はしばしば無脈性疾患と呼ばれる。外科医は、ラージに閉塞の手術が必要なのか、それともこのままにしておくのか、判断しなければならない。ラジの容態を注意深く観察しているため、この決定は今日の夕方か明日の朝までに下される。血管外科の責任者であるウィリアム・スミス医師から、この件に関して午後 7 時に連絡があります。血管外科手術の成功率は 99 パーセントで、この分野では日本一である。心配しないで。ラジを治すためにベストを尽くします」と大倉医師。

「セカンドオピニオンは必要か？私たちは、血管炎について博士号を取得した慶應義塾大学病院の今泉明子医師 に相談しました。彼はラジを治療する我々のチームの一員になることに同意してくれた」。

大倉の部屋を出たとき、ムスカーンは動揺していた。彼女はロビーに降りてきて、ソファに座った。彼女はロビーのスターブラックス・レストランでアメリカーノ・コーヒーとブラウニーを注文し、そこのテレビで放映されているニュースに目をやった。

高さ 15 メートルの津波が日本を襲った後、3 基の原子炉が冷却し、日本全体が暗闇に包まれた。幸い、それほど深刻ではなかった。しかし、原子炉の損傷により、放射能汚染は環境中に放出された。人々は避難し、科学者たちは 24 時間体制で被害を食い止めるために働いた。回収作業員は、アルファ線とベータ線から身を守るため、個人用モニターと呼吸器を着用した。津波がもたらした被害を見て、ムスカーンは、破裂寸前のラージの動脈を思い出した。病気の進行度を計るために、医師たちは定期的にレントゲンや CT スキャンでラージに放射線を浴びせていた。母なる大自然の力は、あらゆる恐ろしい形で、国、住民、そしてラジを破壊しようとしていた。ムスカーンは動揺した。大学時代、高濃度の放射線を浴びると放射線症候群などの健康被害が出るという本を読んだことがある。また、心血管疾患やがんなどの病気の原因にもなった。テレビの映像はかなり気になり、ムスカンのストレスレベルを上げた。

彼女はロビーでコーヒーを飲みながら、医師とのやり取りについて考え続けた。ラージにとっても、彼女にとっても、彼らの子供たちにとっても、人生はもう同じではなかった。彼女は日本に長期滞在しなければならないが、アーマンとアミーナは祖母のもとに居続けることになる。これまでは恵美子が精神的な支えになっていたが、これからは彼女が主導権を握り、重要な決断を下さなければならない。彼女はインターネットで、高安動脈炎について、そしてその制御と治療に向けてなされた新たな発見についてもっと知ろうと計画した。ニューデリーにいるインド人医師の意見を聞くために、彼女はラジの報告書を兄にメールで送るつもりだった。万が一、アロパシー医学にブレークスルーがない場合は、ホメオパシーやアーユルヴェーダといった代替医療で世界的に行われている研究を参考にしたいと彼女は考えていた。統合医療がうまくいくかもしれない。どんなシナリオであれ、彼女は徹底的に戦うだろう。神でさえも、誰も彼女からラジを奪うことはできない。彼は譲歩して、元気なラジを彼女に返さなければならない。彼女は目を閉じ、霊能者から教わったマントラを繰り返し唱え始めた。マハーバーラタ』の中で賢者マルカンデーヤが語っているように、サヴィトリは夫であるサティヤヴァンをヒンドゥー教の死の神ヤマの魔手から連れ戻した。ムスカーンもそうする決意を固めていた。

コーヒーを飲み終えると、ムスカーンはスターバックスのカップをゴミ箱に捨て、エレベーターに向かって歩き出した。彼女は ICU 棟の外にある待合室に座り、子供たちに近況を報告するために家に電話するつもりだった。東京に到着して以来、彼女はまだニューデリーに電話をしていない。親しい人たちは皆、不安と心配でたまらないだろう。

レスパイト

病院では、いつが昼で、いつが夜なのかを判断するのは難しい。どの時間も同じように見えた。午後 8 時頃、外科部長のウィリアム・スミス医師がラージを訪ねてきた。ムスカーンも呼ばれた。ウィリアム・スミス博士から発せられるオーラと自信は、会場をポジティブなエネルギーで満たした。今晩は、ミスター・シン。気分はよくなったか？

「ずっといい。いつ帰れるの？

「リラックスして。数日後かもしれない。明日は、左肩の鎖骨下動脈にある動脈瘤を手術してメッシュを作る手術をします」。

「でもなぜ？気分はいいよ。

「それは素晴らしい。この精神で手術室に入り、手術を受けるべきだ。この手術をすぐに行う必要がある。動脈瘤が破裂した場合、深刻な結果を招く可能性がある。内科部長のキム・ノリ医師、リウマチ科部長の大倉弘医師、そして慶應義塾大学病院の今泉明子医師 と相談した上で下した私の決断を信頼していただきたい。手術には彼らも立ち会う。私はこのような血管手術を数多く手がけてきました。

″明日、いつ？″

「正午。しかし、その前に午前 10 時から私のチームの医師たちとミーティングを予定している。最終的な判断は、あなたの状態に基づいて行われる。お休みなさい。明日はデートなんだ。

スミス博士はラジの手を叩き、立ち去った。ムスカーンはラージの頭に手を置いて言った、

「元気を出して！ラジ私たちはそれをやり遂げる。大倉先生とも話しましたが、すぐに回復すると確信しています。この人なら大丈夫だと直感した」。

「怖くて混乱している。痛みもないし、気分もいい。なぜこの手術を？

「心配しないで。私は医師の決断を尊重する。すぐに回復するだろう。自信がある。

「そう願うよ

ラジ来客の時間が終わったので、私は帰らなければならない。数時間帰宅し、早朝に戻る予定だ。何か必要なものはありますか？

「いや、大丈夫だ。最近、ラジンダー・シンの『魂の薬としての瞑想』を読み始めました。ベッドのサイドテーブルに置いてある。また明日ね、ハニー」。

ムスカーンが家路につくと、ラージは目を閉じ、その日の出来事について考え始めた。彼は、

この 2 日間に起こったすべてのことを理解することも信じることもできなかった。それは本当だったのか、それともトランス状態だったのか？何が起こったにせよ、幻覚や悪夢、あるいはポットボイラーであることは間違いない。ストレスが彼を包み込んでいるようだった。明日の手術のためにリラックスする必要があった。彼は再び目を閉じ、スピリチュアルな熟練者から教わったマントラを繰り返し唱え始めた。数分後、彼は落ち着いた。ここ数年、彼はストレスを管理し、血圧をコントロールするためのツールとして、定期的に瞑想を実践している。本当に助かった。これは、R.H. シュナイダー博士が実施し、American Journal of Cardiology 誌に掲載された最近の研究で、瞑想が高血圧の高齢者の死亡率を 23%減少させたというものである。1 日 2 時間の瞑想はラージの日課だった。彼はスラット・シャブド・ヨーガに没頭していた。瞑想していたラージは眠ってしまった。

ラージが目を覚ますと朝だった。看護師たちが手術の準備に来たのだ。ラジは空腹だったが、手術まで 6 時間しかないため、食事を拒否された。未知への恐怖が支配的だったため、時間の経過は難しかった。二人の看護師によってスポンジバスに入れられた。くすぐったくて、思わず笑ってしまった。ICU の部屋に彼の大きな笑い声が響いた。ラジはもうすぐ血管手術を受けるのと同じ人物なのだろうか？看護師たちは眉をひそめて顔を見合わせた。その時、ムスカーンがスミス博士と一緒に入ってきて、ラージのふざけた態度を見て愕然とした。スミス博士も唇に微妙な笑みを浮かべていた。彼はラジの隣に来て、彼に挨拶した：

「おはよう！元気そうだね」。

「そうだ！ドクターおはよう。

「話し合いたいことがある

″はい″

「私のチームは早朝にミーティングを行った。動脈瘤の状態を見た結果、手術は延期できるというのが私たちの一致した結論です。定期的に健康状態を観察し、必要であれば緊急手術も行います。慶應義塾大学病院の今泉明子医師も私たちの決断に賛同してくれており、彼の意見には心から敬意を表する。部屋への移動を提案する。数日間は厳重な医学的監視下に置かれる。

「ワオ！信じられないよ。ありがとう！ドクター

ラージが立ち上がり、ICU のベッドを出ようとしたとき、2 人の看護師が彼を呼び止めた。

スミス博士は彼にこう助言した！すぐに係員が部屋に案内します。ベッドでの安静が必須であることを忘れないでほしい。数日間は動き回る

ことはできない。あなたの進歩次第で、ルールの一部はいずれ緩和されるかもしれない。高用量のステロイドと血液希釈剤を投与され、厳しい食事療法を受けることになる。あなたが菜食主義者であることは奥様から伺っておりますので、栄養士がそれに応じたメニューをご用意いたします」。

″先生、理解できません″

「リラックスしてください。私たちにお任せください。私たちの成功は皆さんの協力にかかっている。気分はいいけれど、病状は深刻だということを理解してほしい。あなたの病気の蔓延を抑えなければならない。あなたの元気は回復の助けになるでしょう」。

スポンジの儀式に慣れるといいね。笑っていなさい。退院したら、日光での休暇を勧めよう。温泉はいいし、回復も早い」。

スミス医師は ICU 棟の次の患者のところへ歩き、ムスカーンはラージのそばに来て額を撫でた。ラジは彼女の手を握り、キスをした。ムスカーンは「不安になるな。ふたりで乗り切ろう」。

「ここで昼も夜も過ごすのは退屈だろう。

「あなたにとって本当に問題なのは、24 時間体制の私の会社でしょう」。

「セントポール国際病院での新婚旅行のことですか？

「気をつけて。看護師といちゃつくのは禁止。私はあなたから目を離さない」。

″ああ！いいえ、私の州の人々にとって、いちゃつくことは薬です。強くお勧めする。ドーパミンレベルが上がるんだ」。

「今だ！それは何ですか？

「脳から放出される神経伝達物質である。いいセックスをするための触媒なのです」。

「なんてことだ！君はやりすぎだ。

ムスカーンは微笑むと、部屋の空き状況やその他の会計手続きを確認するために部屋を出た。トリニティ・アドバタイジング・エージェンシーが全費用を負担していたが、ラジは同じ部屋に滞在するなどの追加費用を支払わなければならない。

数時間後、ラージは庭と広大な土地を見渡せる 8 階の部屋に移された。子供たちは遊び、両親は木の椅子に座っていた。ある者は本に没頭し、ある者は語り合った。ラージのベッドからは窓が見えた。彼は立って動き回ろうとしたが、足が体重に耐えられなかった。看護師がベッドに寝かせ、ブドウ糖のボトルを取り付け、心電図装置とヘパリン注射器を設置するまで、彼は黙って待っていた。

ラジは看護師に"これは何ですか？"と尋ねた。

看護師は答えた。「ヘパリンは動脈血栓塞栓症の治療と予防に使われる薬です。

「ワオ！なんとエキゾチックな名前だろう。先日、キム・ノリ医師は私が高安動脈炎に罹患していると言ったが、大倉医師は結節性多発動脈炎の可能性があり、生検でしか確定できないという意見だった。そして今、その薬は動脈血栓塞栓症を予防するためのものだとおっしゃいましたね。なんてことだ！私の病気には、とてもセクシーな名前がついているようだ。でも、あなたのようなきれいな看護婦さんに治療してもらえるなら、気にしません」。

看護師は微笑みながら、部屋の向かいに置かれたテレビのリモコンを手渡した。私のシフトはもう終わるから、同僚がもうすぐあなたに会うわ。朝 8 時に会おう。それまでぐっすり眠ってください」。

"でも、朝には疲れているでしょう"

「どうして？

"一晩中、あなたは私の夢の中を歩いている"

何？

「夢の中の ICU

看護婦は笑いながら首を振り、部屋を出て行った。彼女はハンドバッグに衣類や洗面用具を詰めていた。彼女の小さなベッドは部屋の片隅にあった。その大きさを見て、彼女はラージに尋ねた。

「そうは思わない。私の分もどうぞもうずいぶん前になりますか？

ムスカーンは微笑んだ。彼女は、このような逆境にあっても、ラジからポジティブなエネルギーが溢れているのを見て喜んでいた。彼のスピリットは伝染し、彼女はすべてが最終的に好転すると感じた。1 年後の今日、彼らは一人きりの部屋にいた。少し青白く、白い無精ひげを生やしたラージは、背中で 2 本の紐を結んだ青いガウンを羽織っていた。ここ数日の慌ただしさが祟ったのだ。一方、ブルージーンズに黒のトップスのムスカーンは、魅力的でエネルギーに満ち溢れていた。彼女はラージのベッドの脇に座り、彼の足を弄り始めた。ラジは、気遣い、心配り、愛情に満ちた妻の触れ合いを楽しんだ。彼女は彼に近づき、かがんで彼の唇にキスをした。ラジはブドウ糖、プレドニゾロン、ヘパリンを注射された右腕を動かすことができなかった。そこで彼は左腕でムスカーンを自分のほうに引き寄せ、彼女の頭を彼の胸に置いた。彼女が目を閉じてじっとしていると、彼は彼女の髪を撫でた。ムスカーンはラージの鼓動を聞きながら、彼女を強く抱きしめた。ラージは胸が少し濡れているのを感じた。ムスカーンは泣き続け、ラジは彼女を強く抱きしめた。質疑応答も活発に交わされた。間違いなく、愛は花のようなもので、真実の愛は蜜のようなものだと言われる。ラージとムスカーンにとって、真実の愛は花開いたばかりだった。

そのとき、ドアをノックする音がして、ビクラムが入ってきた。彼はラジの友人であり、夕食のパートナーだった。背が高く、大柄で、青いストライプのスーツに身を包んだ彼は、まるでギリシャ神話の神のようだった。日本人女性が彼に涎を垂らすのも無理はない。彼はどのパーティーでも人気者で、妻のリハナは彼をコントロールするのに苦労したこともあった。ラージとビクラムは、彼のレストラン『タージ・マハール』で定期的に食事をしていた。ビクラムは果物の入ったバスケットと*サモサを持*っていた。彼はそれをサイドテーブルに置き、ラジの容態をすぐに知らされなかったことに腹を立てた。恵美子はそのことを彼に伝えた。

「最後に知るのは私だ。信じられない」。

「ビッキー私はショック状態だった。一日で家に帰れると思った。チャロ、落ち着け。震災後、レストランは再開しましたか？*サモサが*私の舌をうならせている」。

「フルーツはあなたのため、*サモサは*看護婦のためです。これらの品物をセキュリティーに持ち込むには、特別な許可が必要だった。キム博士が私のレストランの常連であることはご存知ですか？彼が介入してくれたので、私はこれを持ち込んだ。

「ワオ！ビッキームスカーンはここに滞在する。テイクアウトを手配してもらえますか？

「確かに！もう終わったことだ。毎晩、私が夕食を持ってくるから、一緒に食べよう。病院で決められた菜食療法を続けることができる。無味乾燥に違いない。私を蚊帳の外に置いた報いだ」。

ビクラムは*サモサ*の包みを手に取り、ナースステーションに向かった。彼にはオーラがあった。看護師たちは彼を魅力的だと感じていたし、彼は話術に恵まれていた。ラジが東京に滞在している間、二人は親友になっていた。二人の共通の趣味は、相撲を見ることと、夜に銀座や六本木の街をブラブラすることだった。ビクラムは日本語が堪能で、過去 20 年間東京に住んでいた。ラジは彼と一緒に日本語の練習をしたが、彼が日本語を使いこなそうとする試みは嘆かわしいものだった。なぜかこの言葉は彼にとってギリシャ語のままだった。英語、ヒンディー語、パンジャブ語、ベンガル語、ウルドゥー語、ペルシア語、フランス語に堪能だった。ラジが日本語のレッスンを受け始め、ざっとした知識を得るたびに、教師はラジの母国語であるパンジャブ語を取り上げた。ビクラムとラージは、ラージが何人かの教師たちに、来客を出迎えるときの挨拶としてパンジャブ語の悪口を教えていたことを打ち明け、笑い転げた。しかし、今の段階では、ラジはこの言語を習得するために努力する時がすぐに来るとは想像していなかった。愛しています」「愛しています」と必死に言う。そして、彼はそうするだろう。

ビクラムが戻ってテレビをつけると、原子炉の映像がまた流れた。近隣の住民は避難した。50キロほど離れた場所に残った人たちの中には、電気も水道もない人もいた。命綱もない状態だった。家族で食料、貯水、ミルクを共有していた。日本政府は節電のために停電を宣言したが、国民が自主的に停電を行ったため、必要以上の電力が供給され、失敗した。これは象徴的なジェスチャーだったが、その威力は侮れない。これは日本でしか起こり得ないことだ。地球の東アジア地域で。犠牲と無私の奉仕は日本人の精神に内在している。

ラジと日本は運命の操り人形だった。未来は暗かったが、克服しようとする衝動はラジと日本の本質的な特徴だった。跳ね返すのが彼らの持ち味だった。どちらも、子供たちが喜んで遊ぶピエロのパンチングバッグに似ている。運命は彼らに一撃を与え、彼らはすぐに活力を取り戻して戻ってくる。時間の問題だった。個人であれ、町であれ、州であれ、国であれ、世界であれ、人生は紆余曲折に満ちている。ラージはジムやプールの常連だった。彼は健康的な生活を送っていたが、この病気に対する備えはできていなかった。

ビクラムとレハナが帰ろうと立ち上がったとき、ラージは眠っていた。薬とその日の出来事のせいだ。寝ているラジの笑顔が励みになった。横になって瞑想する習慣があり、「内なる空間は外なる空間よりも美しい」とよく強調していた。ムスカーンもそれに同意したが、ビクラムとレハナは、これは潜在意識の幻想だと思った。私のスピリチュアル・マスターに試してみてください。百聞は一見にしかず。

ロマンチックな逃避行

ラージは 6 時間の熟睡の後、目を開けた。振り向くと、2 人の看護師がいた。彼らは朝の儀式とスポンジバスを手伝いに来たのだ。ムスカーンはノートパソコンで仕事をしていた。彼女は「過去 10 年間の日本経済の復活」についての論文を完成させなければならなかった。スポンジバスが始まると、彼女はノートパソコンをゆっくりとラージのほうに動かし、スカイプのスイッチを入れてニューデリーにいる子供たちとつないだ。アーマンとアミーナの心配そうな表情がスクリーンに映し出されたが、彼女は唇に指を当てて静かにするよう求めた。看護師たちはラージのローブを取り、下半身に温かいタオルをかけた。ゴシゴシされ始めると、彼はくすくす笑い始めた。数秒後、彼の抑えきれない笑い声が部屋に響き渡り、アーマンとアミーナの顔には笑顔が浮かんだ。子供たちは、パパをくすぐったときのことを思い出し、前向きな気持ちになった。彼らはよく彼を『チュエ・ムー』とか『ミモザ・プディカ』（触らぬ神に祟りなし）と呼んでいた。ムスカーン以外は、誰も彼に触れることができなかった。ムスカーンによる愛撫は、彼に安心感、平和、愛情を与えた。ムスカーンは子供たちにキスをし、正午にまた電話すると言った。看護師たちは、スポンジバスを完成させるのが難しいと感じていた。ムスカーンは立ち上がり、ラージの額に手を置いた。清潔になり、ジョンソンのタルカムパウダーの香りがすると、ラージは朝食と薬を飲むために立ち上がった。朝食にパランタと豆腐を食べた人は、豆腐 1 丁とスイカジュース 1 杯、パパイヤのスライスを出された。彼は自分の目を疑い、看護婦に尋ねた、

「前菜と一緒に朝食を食べてもいいですか？

看護師は「これは朝食です」と答えた。

「腹が減った。高安動脈炎を生き延びたとしても、おそらく飢えで死ぬだろう」。

「管理栄養士がニーズに合わせて食事を決めてくれる。日中、あなたを訪ねてくるように頼んでおきます。薬は緑のカップに入っている。朝食と一緒にお召し上がりください」。

ムスカーンはスイカジュースを手に取り、唇に近づけた。ラジの表情がすべてを物語っていた。彼はカップを受け取り、すぐに飲み干した。朝食も薬も 5 分で飲み干した後、彼は、自分が、医師がざっとしか知らない珍しい病気に苦しんでいることに気づき始めた。彼はただ、自分が医学界や研究者たちのモルモットにならないことを願った。しかし、この病気を診断し、そ

の活動性を評価することは難しい：この病気に罹患している人のほとんどは、目に見える症状がない。もしラージがインドにいたら、剖検時に高安動脈炎が発見されていたかもしれない！この珍しい病気を診断できたこと自体が大きな成果であり、医師たちは自分たちがやったことに満足している。今、ラジを救うための大きな闘いが待ち受けている。

昼になると、キム・ノリ医師が回診にやってきた。明日、ラジは動脈瘤の CT スキャンと大腸内視鏡検査を受けることになるだろう。とラジは尋ねた、

「なぜ大腸内視鏡検査なのか？

ノリ医師は、「この検査は、潰瘍や炎症・出血部位をチェックするのに不可欠です」と説明した。

「どうやるの？

「検査前に大腸を洗浄するため、緩く頻回に便を出すよう、朝、ニュリテリーを含む特別な下剤が投与されます。便が水っぽくなったら、検査を受けてもらいます」。

「わかったよ。昨年、年 1 回の健康診断で内視鏡検査を受けた。大腸内視鏡検査はその逆でなければならない。先生、床を動き回ってもいいですか」。

「2、3 日はリラックスしてください。CT スキャンのレポートを確認させてください。動脈瘤の大きさを調べる必要がある。容態が安定すれば判断する」。

「私は混乱している。私は元気だし、動脈瘤の状態についても触れている。

「聞いてくれ！動脈瘤は、特定の部位における動脈壁の弱さによって引き起こされる動脈の拡大である。目に見える症状はない。しかし、動脈瘤が破裂すると、血圧が低下し、激しい痛みを引き起こし、意識不明や死に至ることもある。動脈瘤が破裂しなくても、血栓ができて鎖骨下動脈などの血管を閉塞することがあります。これが左手に脈がない理由だ。それゆえ、我々は細心の注意を払わなければならない」。

「どうやってコントロールするつもりだ？

「動脈瘤の成長を薬で観察する予定です。一定の大きさ以上に成長した場合は、手術が必要になることもある。医師団が定期的にあなたの状態をモニターし続ける。どのような状況にもプロとして対応する自信があります。数週間の滞在を覚悟してください。奥さんが一緒でよかったね」。

″素人言葉で説明してくれてありがとう。なぜ高安動脈炎と呼ばれるのですか？

「高安動脈炎の最初の症例は、1908 年の日本眼科学会総会で高安幹人博士によって説明された。だからこの病名がついた」。

「驚きだ！私は日本にいて、日本人に病気を発見され、日本人に治療してもらっている。

ノリ博士は微笑み、左腕を撫でて部屋を出て行った。ムスカーンはテレビをつけてニュースを聞いた。福島第一原子力発電所の映像や津波の余波が放映された。すべてがてんやわんやだった。ボートが浮かぶはずの場所には車が、車が走るはずの場所にはボートが、梢の上には人間が、そして取り壊された家々が映し出された。風景はすべて消えていた。これらのシーンがラージとムスカーンに呼び起こした感情は異なっていた。ラージは震災を経験し、ムスカーンはその余波を目の当たりにしていた。多くの人々が日本から逃げていたが、ラジとムスカーンにとっては考えられないことだった。東京は彼らの第二の故郷だった。彼らは逃げ出さず、自分たちを受け入れてくれたこの国に留まり、人々を助けようと決めたのだ。地震による絶え間ない余震は収まっていた。ラジとムスカーンは、瓦礫の中で愛する家族や破壊された家の残骸を探している生存者の中に自分たちが含まれていないことを神に感謝した。彼らは日本のすべての人々の幸せを祈った。比較的、人生は彼らに優しく、彼らは神の恵みに感謝した。他人の不幸を目の当たりにして初めて、人は自分がいかに恵まれているかを思い知る。テレビに夢中になっていると、ビクラムが食べ物を持って入ってきた。神のみぞ知るというところだが、彼はどうやって変な時間に ICU 病棟に入り、しかもインド料理の強烈な香りを漂わせているのだろう。彼はムスカーンと一緒に食事をし、ラージの状態を確かめに来たのだ。

「ハイ！ラジさんご機嫌いかがですか？とビクラムは尋ねた。

「スーパーだ。私はこの場所を離れたいと願っている。レストランはどうですか？損害賠償は？

「神の恩寵があれば、すべてうまくいく。スタッフだって大丈夫だし、彼らの家族だってそうだ」。

「よかった！」。

「昨日、家の近くを通りかかったら、貧しい人たちに食事を出している家族を見かけたんだ。ホイル紙で覆われたラーメンのどんぶりも棚に並べられていた。私は感動した。私はレストランを経営している。私はもっと多くのことができるし、そうするつもりだ」。

「不利な状況の中でこそ、人間の善性が芽生えることがある。気遣いと分かち合いは、地元の人々の本質的なものだ。コルカタのセント・ジョンズ・スクールの道徳科学の授業で、私は人間の価値観と、それが理想的な社会の成長にいかに役立つかを理論的に学んだ。しかし、東京に滞在している間、私は毎日、何らかの形で、善意の行動を目の当たりにしてきた。生まれ変わるなら、ここで生まれたい」。

″大いに同意する。この 20 年間、私は部分的に、与えること、与えること、そして与えることを学んできた。その特質を身につけるまでには、長い道のりが待っている。ヒンディー語には「*Neki kar aur dariya main daal」ということわざがある。*大雑把に訳すと、左手が与えるものを右手は知るべきではないという意味だ。私も善行を積んで、井戸に投げ込むことができればいいのですが......」。

ラジとビクラムがテレビに目を向けると、福島県から避難している人たちのニュースが中心だった。高齢で引っ越せなかったか、先祖から遺された土地に愛着があったため、移転しなかった人が多かった。物事が改善され、普通になることを期待する者もいた。ラジもそうだった。物事が変わるという希望が非常に支配的だった。

夜が明けて朝を迎え、ラージは午後中、大腸内視鏡検査と CT スキャンを受けた。医師による大腸内視鏡検査が行われている間、ラージは注射された薬のせいで少し眠かった。

と舌打ちした！お手柔らかにお願いします」。

医師と看護師は笑顔で丁寧に処置を終えた。CTスキャンでラジは疲れ切っていた。どちらのテスト結果も心強いものだった。つまり、ラジはヘパリンとブドウ糖を投与する機械を取り付けた車椅子で移動することを許可されたのだ。ラジは部屋を出るのを心待ちにしていた。昼食後、ムスカーンは病院内を案内した。、まず ICUで、次に病室で数日間檻に入れられ、ラジは安堵感を覚えた。彼の内なる願いは、この環境から飛び立つことだった。階には、道路を挟んで隣のビルに続く道があり、その下を一般車両が流れていた。ムスカーンは車椅子を押して道を進んだが、幸いにも病院の自動ドアの近くに警備員はいなかった。会話に夢中になっているうちに、二人はフードコートと独立したレストランが数軒ある隣のビルに着いた。ラージはコーヒーが飲みたいと言い、ムスカーンはフライドポテトが食べたいと言った。青いガウンを着て、ヘパリン注射器とブドウ糖注射器をつけた車椅子に乗った人が、食べる前にフレンチフライ（ ）を一本一本しゃぶりながらコーヒーを飲んでいる。ほぼ 1 時間が経過し、突然、自分たちが病院にいないことに気づき、まったく驚いて、あわてて戻った。病院の門を入ったとき、彼らは警備員の驚いた顔を見た。看護婦も駆け寄ってきて、ムスカーンから車椅子を取り上げた

。部屋に向かう途中、キム・ノリ医師と出会った。彼は彼らをたしなめた、

「自分のしたことを自覚しているのか？医師、看護師、警備員、係員など、病院の全スタッフがあなたを探している。廊下を回るだけならまだしも、1 時間以上も病院を離れるのは許されないことだ！これは致命的だったかもしれない。

彼は首を振り、彼らの話を聞かずにエレベーターのほうへ向かった。ムスカーンとラージはどう反応していいかわからなかった。看護婦が車椅子をラージの部屋まで押している間、いたずらをしているところを見つかった二人の子供のように、二人は顔を伏せていた。看護ステーションを通り過ぎたとき、看護師たちが自分たちを信じられない思いで見つめているのが見えた。このような振る舞いは、大人には考えられないことであり、しかもその患者が珍しい不治の病を患っている病院でのことである。ラジは、インド人には不規律がつきものだと感じている者もいるに違いないと感じた。ラージとムスカーンは、自分たちのこの軽犯罪が悪い夢のように過ぎ去ることを心から願った。部屋に入ると、ムスカーンがバスルームに入り、看護婦がラージをベッドに寝かせた。看護婦が立ち去ると、ラージは固く目を閉じ、この出来事を記憶から消そうと努めた。しかし、彼は失敗した。数分後、バスルームのドアが開き、ムスカーンが

入ってきた。ラジは彼女を見て微笑んだ。彼女は彼のベッドに来て、その上に座った。彼の額に手を置き、キスをし、こう言った、

「私はあなたを愛している。この数ヶ月間、会いたかったよ。もっとデリーに来るべきだ。子供たちはあなたにとても懐いています。彼らは父親が必要な年頃なんだ」。

「私もみんなに会いたい。治らせてください。トリニティ広告社はグルグラムに支社がある。そこで仕事を探すつもりだ。代替案として、アルマンとアミーナはここでの高等教育を検討するかもしれない。日本の大学には、英語で学士号を取得できるコースがある。彼らが選択する流れ次第だ」。

「アーマンはクシに近づいたと思う。浮気をしている可能性が高い。

「ワオ！彼はあまりにも早く成長しすぎている。彼女は誰ですか？私たちは彼女を知っていますか？

「ランジャンとスニータの娘」。

″ああ！なんてことだ！かわいい女の子だ。彼女の両親は知っているのか？

″彼らは子供たちがとても仲良しであることを認識している″

「アーマンとアミーナの勉強はどう？

「どちらも好調だ。アーマンは、IIT の入学試験をクリアできるかもしれない、と自信満々だ。アミーナは、クラス X で理科と商科のどちらに進むべきか、少し迷っている。ご存知のように、彼女はどちらの教科でも非常に優秀な成績を収めています」。

「彼ら自身に決めさせればいい。私たちは彼らを導くことはできるが、最終的な決断は彼らが下すべきだ。花は、その花に最も適した土壌で咲かせるべきである」。

「私も同じ気持ちだ。

″彼らとおしゃべりしたい″

「今日は夕食後、スカイプでおしゃべりしよう」。

ムスカーンがベッドから起き上がり、ラージを見ると、彼は小指で涙を拭っていた。ラジの中に鬱積した感情のはけ口が見つかることはほとんどなかった。ムスカーンだけが、彼の心の中を察することができた。彼の人生は家族を中心に回っていた。家に電話をしなかった日はほとんどなかった。夕食後、ムスカーンと子供たちは電話が鳴るのを心待ちにしたものだ。4 人の人生におけるその日の出来事がすべて共有された。しかし、アーマンがクシとの絆について語ることはほとんどなかったし、アミーナが理系か商学系かについて迷っていることを打ち明けることもなかった。彼らには父親が必要だった。ラジはすぐに回復し、ニューデリーを訪れることを望んでいる。

ムスカーンは部屋のドアを閉め、ラージのベッドに戻った。彼女は彼の隣に座り、彼の頭に手を置いて髪を撫で、弄び始めた。彼女は彼の額に唇を寄せながら、彼の目を見つめた。軽くキスをすると、ムスカーンは彼の目、鼻、頬、顎に唇を動かし始めた。ラージは左腕で彼女を包み込み、唇を重ねた。それはかろうじて触れただけで、撫でただけだった。ムスカーンは血管に温かいものが走るのを感じた。彼が再び唇を近づけると、ムスカーンは背筋がゾクゾクと震え、また元に戻るのを感じた。ラジが手のひらを彼女の背中にやると、太ももとお尻の筋肉が緊張して震えだした。ムスカーンはゆっくりと体を起こし、彼の横に横になった。彼女は彼の左肩に頭を置き、耳たぶを噛んだ。右腕が注射針やヘパリン導入器から解放され、両腕で彼女を抱きしめることができるようになることを切に願った。ムスカーンは太ももから手を滑らせ、ゆっくりとグリーンのガウンを腹まで上げ、手を滑らせた。ラジは喉の奥で呻き声を上げ、自由になりたいと懇願しているのを感じた。彼は舌を彼女の口に入れ、彼女は彼を愛撫し、弄び続けた。彼の熟れ具合を感じると、彼女は立ち上がり、まるで音楽のシンフォニーのように、ガウンを脱いで彼の胴体にとまった。彼女が揺れ始めたとき、ラージは久しぶりに自分がエクスタシーの世界に入ったことに気づいた。病気や自然の災難の中で、人生にはこれ以上の特効薬はない。自然は癒しのバームだった。沈む太陽と昇る月が窓から顔を覗かせ、神々しい魂に願いを伝えた。

日が沈み、暗闇が部屋を包んだ。恍惚の頂点に達した後も、ムスカーンはラージに愛情、安心感、そして神聖な安らぎを与え続けた。結婚して 20 年以上になる。実際、今年 6 月には銀婚式を迎える。ニューデリーの農家で、友人や親戚を招待する計画もあった。ムスカーンは東京からラージの病気についてのメッセージを受け取った。最近まで人生は完璧だったが、ムスカーンさんは家族を襲う邪悪な目（ヒンディー語で*「ナザール・ラグ・ジャナ」*と訳される）を常に心配していた。二人は愛し合うように互いの腕の中に横たわり、スピリチュアルな熟練者から授かった 5 つの聖なる名前を口にした。ムスカーンとラージは、美と調和と充足感に満ちた雲の中に浮かんでいるように感じた。眠りに包まれた二人は、ここ数日で初めて、肉体的な別離が間近に迫っているようなこの恐ろしい悪夢を乗り越えられると確信した。ラージとムスカーンは死後の人生を信じていたし、肉体面での成功は生きる術にかかっていた。瞑想は、どんな障害や逆境にあっても、彼らにとっての癒しとなってきた。

1 時間後、彼らは目を覚まし、子供たちを呼んだ。接続には問題があったが、ラージはスカイプでアーマンやアミーナとチャットすることができた。震災後、彼らはほとんど交流がなかった。子供たちの興奮と熱意は、その行動と大きな声から伝わってきた。それぞれが、自分の声が聞こえるように、相手の言葉を短く切っていた。さらに、自然災害と高安動脈炎の後に父親に会えたことは、まるで恩恵のようだった。ラジは辛抱強く、食事の内容から学校での生活、勉強、仲間とのケンカ、ニューデリーの暑さまで、彼らの話に耳を傾けた。笑顔を浮かべながら、ラジはそのやりとりにすっかり夢中になっていた。

幸い、ニューデリーの MTNL 回線が再び帯域不足になるまでの 1 時間、子供たちは通信を行った。その会話はラジにとって強壮剤のような役割を果たし、彼は元気を取り戻した。愛する人とのおしゃべりが、どんな薬よりも早く回復を促すこともある。夕食が出されたとき、彼は興奮のあまり、茹でた野菜、豆腐、パンを正当に評価することができなかった。彼は小さなグラスに入ったキュウリジュースを飲んだ。空腹は収まり、元気が出てきた。すぐに回復してニューデリーに戻ることを望んでいた。係員が来てテーブルを片付け、ムスカーンと彼に「おやすみなさい」と言った。

ムスカーンは電気を消した。

ホームカミング

彼らが眠っている間、背後ではテレビ局が原子炉のメルトダウンと放射線被曝の可能性について論じ続けていた。東京でも黒い雨が降るかもしれないという噂が流れた。ある国の外交官や多国籍企業に勤める人々は、家族を日本から送り出していた。出国が始まったのだ。地元住民は災害には慣れており、今回もそのひとつだった。親戚や友人たちはラジとムスカーンに電話をかけ、心配し、共感し、ショックを受け、応援していることを伝えた。これ以上何かできるだろうか？日本とラジの不安は数時間から数日、数週間に及んだ。待ち時間は終わった。受けたダメージは取り返しがつかない。これからの行動は、壊れた破片を拾い集め、再び人生を築き上げることだった。日本は地震と津波を乗り越え、人命と財産を大幅に失った。

ラージは免疫系への攻撃から生き延び、医師たちは動脈瘤の成長と血圧の上昇を抑えようと努力していた。それは日本の科学者や医師にとって、差し迫った試練であった。

時間はあっという間に過ぎた。毎日が血液検査か超音波検査か尿検査か CT スキャンか身体検査でいっぱいだった。結果は、病気の成長が現状維持であったため、勇気づけられるものであった。ある晴れた朝、キム・モリ博士、ヒロ・オークラ博士、ウィリアム・スミス博士がラジの部屋に入ってきた。キム・モリ博士は、「今日、反省会がありました。あなたが入院してから 3 週間以上が経ちました。私たちの心配は外れた。高安動脈炎は安定している。新たな動脈瘤は見つかっていないし、以前の動脈瘤が大きくなったこともない。これはポジティブな兆候だ。ですから、定期的なモニタリングが必要だと考えていますが、これは OPD 病棟で可能です。2、3 日したら退院してもらいますが、大倉先生と私との週 1 回の面会は必須です」。

ラージとムスカーンは耳を疑った。夢でないことを祈りながら、自分自身をつねりたくなった。ラジはすぐにこう訊ねた、

「いつ？いつまでに？

スミス博士は微笑んで答えた、

「ラジさんこれまでの進展に満足している。しかし、まだ森を抜け出したわけではない。私たちは、家庭環境があなたをさらに助けるかもしれないと感じています。しかし、注意は必要だ。循環器系のレポートをチェックした後、1 日 2 回の小さな散歩を勧める。プールエリアでの軽い散歩は効果的かもしれない。しかし、無理は禁物だ」。

大倉医師が間に割って入った。メトトレキサートとプレドニゾロンの投与量が足りないと、合併症を引き起こす可能性がある。私たちは、あなたとあなたの奥さんとともにチームとして働いてきた。私たちは電話一本で駆けつけますが、患者さんと一緒にいるときはすぐに対応できないこともあります。ですから、SMS か E メールを送ることをお勧めします」。

「ありがとう、医師たち！みんなありがとう」とラジは答えた。

「ラジは皆さんのおかげで新たな人生を手に入れた。ムスカーンは言った。

「たぶん月曜日までには」とキム博士。

医師たちが回診に出かけると、ムスカーンはラージを抱きしめてキスをした。ラジは驚きの極みだった。この病気は彼にショックを与えたが、退院は嬉しい驚きだった。ストレッチャーに乗せられて病院に運び込まれた彼は、29 日後、新たな希望を持って病院を出ることになる。彼らの祈りが通じたのか、ラージは致命的な病気を克服した。医師たちは、ほとんど知られていない病気に対して一時的な勝利を収めたのだろう。ラジのフロアの看護師たちは大喜びだった。彼らはラージ、ムスカーン、ビクラムと友好的な絆を深めていた。

ついに月曜日がやってきた。ラージはムスカーンの手を握り、病院を出てビクラムの車に向かった。車が走り出すと、ビクラムはニール・セダカのお気に入りの曲をかけた：

"ああ！キャロル、私は愚か者にすぎない

ダーリン、愛してるよ......。

私を置いて行かないで

絶対に行かないと言ってくれ......」。

ラージはムスカーンの手のひらに手を置き、目を閉じてビクラムに何度も何度も曲を演奏するように頼んだ。

20 分もしないうちに、彼らは帰宅した。ドアには、*Jee Aaaianoon* と刻まれたインド製の麻の垂れ幕がかかっていた。ラジはビクラムを見て微笑み、これはビクラムとレハナからの贈り物に違いないと確信した。アパートに入ると、そこはピカピカに磨き上げられ、伝統的なインドの香りが漂っていた。食卓には「ようこそ」と書かれた白いケーキが置かれていた。ラージとムスカーンはビクラムとレハーナに感謝した。彼らは 1 日前、アパートを掃除するためにラージの部屋の鍵を取っていた。ラージがケーキをカットすると、ビクラムとレハナが「おかえり、我が家へ」を歌った。ラージがムスカーン、ビクラム、レハナの口にケーキを入れると、彼の目には涙が浮かんでいた。ケーキ入刀の後は、ビクラムのレストランの料理が振る舞われた。伝統的なインドの*チョレ・バチュールと ラージマ・チャワールの*ほかに、ラージにはトマトスープと茹で野菜があった。おしゃべりをしたり、一緒に食事をしたりしていると、まるで昔のことのように思えた。ビクラムがテレビをつけると、日本人が一歩一歩国を再建しようとしている映像が流れた。福島原子力発電所の被害に対する危機警報レベルは、25 年前のチェルノブイリ事故と同じ最高レベルの 7 に引き上げられた。なかでも、大船渡の瓦礫の中から結婚指輪を探す漁師の姿は、胸に迫るものがあった。何千人もの愛する人々が瓦礫の中に埋もれ、何千人もの人々が津波に流された。しかし、ムスカンの祈りは実を結んだ。ラジは家に戻っていた。

ビクラムとレハナが去ると、ラージはリクライニングチェアに座り、ムスカーンはあぐらをかいて床に座った。ふたりは目を閉じ、30 分ほど瞑想した。彼らは神に祈り、その慈悲深さに感謝した。夜遅くに電話が鳴り、ニューデリーからオンラインのアーマンからだった。

「ママ！大学から手紙が来ていて、助教授に内定したとのことです」。

「ワオ！それはすごい」。

〝入団まで 1 カ月の猶予が与えられた〟

「イエス」！

スピーカーのついた電話で母子がおしゃべりしているとき、ラージはムスカーンのうれしそうな顔を見ていた。彼女はこのポストを得ることを心待ちにしていたし、そのために懸命に働いてきた。彼女にとっては夢のような出来事だった。経済学の修士号を持つ彼女は、過去 10 年間は専業主婦として子供たちの養育に人生を捧げてきた。子供たちの養育に費やしてきた時間が報われたのだ。アミーナはトリニティ音楽学校の 3 年生で、アルマンの詩集は最近出版され、絶賛された。ラジは普段は仕事で留守がちで、家族とは充実した時間を過ごしていたが、そのうちの一人がムスカーンだった。実際、ムスカンのやる気と熱意が伝染し、ラジのキャリアも飛躍的に伸びた。今日、人生は彼女に飛ぶ機会を与えていたが、ラジを一人にすることは大きな決断だった。一方、ラジは彼女にこのチャンスを受け入れてほしかった。

とラジは言った。「ムスカーンこのオファーに二の足を踏む必要はない。参加しなければならない”

「でも、あなたの健康と私たちは何千マイルも離れていることになる」。

「入会は 1 カ月後。オファーにイエスと言う。そのころにはだいぶ良くなっているだろう。それに、休暇を利用してインドに行くこともできる。ここの医療はずっと良いので、私は選択の余地なくここに滞在するつもりだ。インドの医師たちが、インドではこの病気は通常、剖検時に発見される、と日本の医師たちを褒めているのをご存じでしょう」。

ラジあなたはここで一人になる。ノー、ノー」。

「心配しないで。何とかなるだろう。このオファーを祝おう。明日の夕食は日本食レストランでどうだ？鮨 そら』に行こう。オリエンタル・マンダリン・ホテル内にあり、ドラマチックな眺めを楽しめる。ビクラムとリハナも招待しよう」。

「わかったよ。何にしますか？

「スープと野菜をたくさん食べるよ。とても嬉しいよ。

ラージはムスカーンを抱きしめ、抱きかかえた。ムスカーンは彼に気をつけるように言ったが、ラージは陶酔状態にあった。幸せが再び彼らのドアをノックしたのは、ずいぶん前のことのように思えた。ボビー・マクフェリンの歌を口ずさみながら、ムスカーンを抱いて踊り続けた、

「こんな歌を書いたんだ

一音一音歌った方がいい」。

心配するな、幸せになれ

どんな人生でも、悩みはつきものだ。

しかし、心配すればするほど、その心配は倍増する。

心配するな、幸せになれ

心配しないで、幸せになって......"

踊って、歌って、踊って、ムスカーンを隅田川を見下ろす寝室まで運んだ。満月が輝き、屋根の上で宴会や酒盛りをする人々を乗せたボートが川をゆっくりと進んでいた。川向こうのビルで綾菜がマンドリンの 4 組の弦をチューニングしている間、抱き合うカップルがこの光景を眺めていた--G-G-D-D-A-A-E-E--。理想的な受け皿を求めるマンドリン奏者の長い待ち時間は、その角を曲がったところにあった。どちらも川の両岸にあり、隅田川はその間を蛇行するように流れていた。アヤナのマンドリンからの音楽は対岸には聞こえなかったが、両岸にいる 2 人の間に何らかのつながりができていた。

一方の岸では、アヤナがマンドリンのプレクトラムを滑らかに滑らせ始め、もう一方の岸では、ラジがムスカーンを抱きしめ、唇を重ねた。もう一方の岸では、Aimer の「片想い」という日本のラブソングを Ayana が弾き始めた、

"昔より顔のシワが増えたとしても、

大丈夫だよ。

たとえギターを弾くことができなくてもね、

私の心はあなたへの歌で溢れかえっている……″

アヤナがマンドリンでグライド・ストロークを弾くと、ラジはムスカンの体に新しいリズムを刻んだ。ドレスはシルクのように滑らかで、上空を飛ぶ鳥たちは、大きなガラス窓の中に、2 羽の愛鳥が 1 羽に絡み合ったシルエットを見たかもしれない。アヤナはゆっくりと情熱的に弦をかき鳴らし、ムスカーンとラージはエクスタシーの道を駆け抜けた。

セレブレーション

数週間後、ビクラムとレハナはラージとムスカーンを銀座のインド料理店に夕食に招待した。ラジはこの店の常連で、スタッフ全員が彼のことを知っていたので、この来店を楽しみにしていた。以前は経済的に援助してくれたこともあったし、家族とも顔見知りだったからだ。ラジはレストランを訪れると、スタッフ一人ひとりに挨拶し、彼らの生活や健康状態について尋ねた。ラジがパンジャブ語、ベンガル語、そして片言のマラヤーラム語といった母国語で流暢に話しかけると、スタッフは大喜びだった。彼らは皆、東京にいる彼の家族の一員だった。

レストランの入り口で、ビクラムとレハナが*ティッカ*と花輪の儀式で伝統的に歓迎したとき、ラージとムスカーンは感動した。ビクラムはジョードプリのスーツをエレガントに着こなし、リハナはヴェラ・ウォンがデザインした黒のガウンを見事に着こなしていた。スタッフ全員が赤い*ターバン*を巻いた*パサニ・スーツ*姿だった。ラージは、ビクラムとレハナが二人のためにテーマ別の夕食会を企画したとは思えなかった。これは通常、レストラン全体が予約されているときや、企業のテーマパーティーのときに行われていた。

ラージとムスカーンはもっと大きな驚きに包まれていた。ゲストには、大倉裕医師とキム・ノリ医師夫妻、そしてこの日が休日だった 2 人の看護師が名を連ねた。恵美子も来ていて、愛猫のアイコも一緒に買っていた。レストランの半分は、最高級のカシミール・ウォールナット材で作られたパーティションで仕切られている。小さなステージが作られ、そこでウスタッド・ハミド・カーンがビビ・ジーナット・バヌの伴奏でガザルを歌っていた。彼らの声はメロディアスだった。ラージはこの特別な囲いの中に入り、ウスタッド・ハミド・カーンがシャキール・バダユニの作詞した歌詞を歌うのを聞いて、七転八倒した、

「ショードヴィン カ チャアンド ホー、ヤ アフタアブ ホー」

Jo bhi ho tum Khuda ki Kasam, laajawaab ho.

"ヅルフェイン・ハイン "は、"ヅルフェイン・ハイン "と呼ばれている、

"私は、このようなことを言わなければならない" "私は、このようなことを言わなければならない

この試合では、"Masti hai jis mein pyar ki, tum who sharaab ho、

Chaudvin ka chand ho

.... ″

この音楽をバックに、ラージとムスカーンは他のゲストの間を回り、一人ずつ会っていった。恵美子は 2 人をハグし、ラージに会って感慨にふけった。

彼らに会った大倉医師は、「信じられない。時間の流れ方あなたが退院してから 2 週間が過ぎた。元気そうだね」。

大倉先生、なんとお礼を言っていいかわかりません。あなたと森博士は私に

第二の人生自分が何を経験したのか、その実感が少しずつ精神に浸透している」。

初めてお会いして、あなたのレポートを見たとき、私たちは衝撃を受けました。

血液検査の結果は驚くべきものだった。しかし、あなたは困難な局面を乗り越えた。私は

必ず良くなると確信している。パラメータが改善され、あなたのチーム力を低下させることができることを願っている。

プレドニゾロンの投与量

来週、彼を呼びましょう」と大倉医師が割って入った。今日は楽しんでもらおう。正式に許可する

彼にワインを一杯飲ませた。

ラジは答えた。私は禁酒主義者です」。

ビクラムは微笑みながら、「大倉先生、ラジが入院していたときに言っておくべきだったのですが......」と言った。

病院だ。処方すべきだった。ご存知のように、彼は菜食主義者です」。

話題はラジの病気から国家の健康へと移った。100 人以上

各国が救援活動の支援を申し出ていた。日本の回復力を目の当たりにすることができた。

この自然災害を克服するスピードが速かった。人道的な行動

日本の庶民は世界のメディアを驚かせた。大原医師と森医師が賛辞を贈った。

ゼロ地点での支援と救済における友愛の努力。

突然、店内の音楽がインドのガザールから録音された「Please stay」に変わった。

with me ″とユイが歌う。この曲は 2010 年、日本の若者の心をとらえた。

アルバムは 20 万枚以上を売り上げた。この曲に続いて ″Love so sweet ″が歌われたとき。

嵐の演奏が始まると、全員がダンスフロアに集まった。一番良かったのは、カラオケ・バージョンだったことだ。

歌い出すグループもいた。カラオケが日本で高い人気を誇っているのは、カラオケが日本人の心を高揚させるからだ。

あまり才能のない歌手は、良い演奏者を過度に褒めないように注意しながら。それは

そして、その場にいた全員がグループに加わった。ムスカーンにとって、これは初めてのことだった。

カラオケに参加した経験を持つ彼女は、熱心にグループに加わった。ビクラム

とラジはカラオケ・バーの常連だった。ラジは酒を飲まなかったが、カラオケ・バーでは

ハイになった。

カラオケバーはダイナマイトに明かりを灯す。致命的な結合

– 歌ってはいけない人たちは、飲んではいけない人たちと一緒にいる。

笑い声、歌声、ダンスは、楽しさの絶頂を映し出していた。
その手柄は、顧客の鼓動をつかむ術を心得ていたビクラムにあった。その後のディナーは手の込んだものだった。ビュッフェはインドの 5 つ

の地域すべてのインド料理と国際色豊かなサラダで構成されていた。あらゆる味覚と嗜好に合う料理があった。ビクラムにとってもいい宣伝になった。大倉医師がノリ医師に、今度東京で開かれる国際内科学会の晩餐会の野外ケータリングにこのレストランを使うべきだと話しているのを小耳に挟んだからだ。

夕食が終わると、ビクラムとレハナはラージとムスカーンを新宿のナイトライフを見にドライブに誘った。ムスカーンは『眠らない街』と呼ばれる歓楽街、カブチコを見て驚愕した。この地名は、1940 年代に歌舞伎劇場を建設する計画に基づいているため、誤解を招きやすい。4 人は 200 軒以上の居酒屋が並ぶゴールデン街を歩き、おもいで横丁を通り抜けた。このエリアには日本式の小さな居酒屋が数多くある。この旅のハイライトは、ネオンと音楽とともにロボットやダンサーによるエキゾチックなパフォーマンスが楽しめるロボット・レストランを訪れたことだった。新宿で数時間過ごした後、ラージは疲れを感じ、ムスカーンと家に帰ることにした。ビクラムは彼らを車に戻した。

団地の近くに降りたラージとムスカーンは、ビクラムとレハナに、このような心のこもった素晴らしい夜をありがとうと言った。ラジはビクラムの手を握って言った！あなたは私の強壮剤だ。あなたは私の過去を理解し、ありのままの私を受け入れ、私の未来を信じている。この 2 カ月間で私は、神が愛する兄弟を与えなかったという過ちを犯したとき、あなたのような友人を与えることでその過ちを正されるのだと悟った。愛してるよ、ビッキー！″ビクラムは感情的になり、ラージを抱きしめた。その表情を見て、ムスカーンとレハナも目に涙を浮かべた。ラージとムスカーンは 2 人に手を振って別れを告げると、タワーのレセプションに向かって歩き出した。受付係のハルはラージの親友だった。二人はお互いに愛情を深めていた。波瑠は英語を話すことができ、ラージは彼とよく日本語の練習をしていた。それを見た波瑠が「ラジさん！*オゲンキデスカ″*

「だいじょうぶだぁ. オゲンキデスカ″

「だいじょうぶだぁ. アリガトウゴザイマシタ″

晴はムスカーンを見て言った、

「ムスカーンさんあなたは幸運だ。ラジさんは宝石のような人だ。私も彼のようになりたい。

このタワーで働くスタッフ全員が彼を気に入っている。とても誠実だ。他の人と一緒にいるところを見たことがない

女性他の人とは全く違う。日曜日に私とコーヒーを飲むと、彼はいつもこう話す。

アーマン、アミーナのことだ。それ以外の話題については何も話さない。もっと多くの人に来てほしい

彼のように。世界は幸せな場所になる″

「ありがとう、波瑠さん！このようなお言葉をいただき、ありがとうございます。私は人生のあらゆる瞬間を

とラジは言った。

波瑠がエレベーターのドアを開けた。ラジとムスカーンは入ってきて、こう言った。

13 階のボタン。ムスカーンはいたずらっぽくラージを見て言った。

″他の女性とは決して会わないというのが彼女の口癖です″ラジは彼女を抱きしめ、こう答えた。

全宇宙を網羅する。愛してる″ラージは彼女の顔を持ち上げ、震える唇を離した。

彼の唇は、彼女の神経を震わせ、めまいを感じさせる反応を呼び起こした。

ムスカーンは彼を強く抱きしめ、ラージの口の中に舌を入れ、優しく、しかし要求した。

エレベーターのドアが開くと、ラジの手がムスカンの全身を覆っていた。彼は彼女を抱き上げた。

彼女の腕に抱かれ、家に向かった。

マンドリンを抱きしめて

時間はあっという間に過ぎた。ラジとムスカーンは、定期的に病院に通い、アパートの 1 階にあるプールで定期的に軽い運動をし、隅田川沿いを長く散歩して忙しかった。ラージの健康状態は安定しており、彼は何時間も古典を読み、ウスタッド・グラム・アリーやウスタッド・ヌスラト・ファテ・アリー・カーンの*ガザル*や *カワラを聴い*て過ごした。彼は、ルーミー、ハーフィズ、ブルレ・シャー、アミール・クスラウ、ダルシャン・シンの作品に触発されたスーフィー音楽を楽しんだ。肉体的な運動、魂を高揚させる音楽、そして定期的な薬の摂取が、彼の回復の道筋に大きな役割を果たしていた。

ムスカーンはニューデリーでの任務に就くため、間もなく東京を離れる予定だった。彼女はメイドを手配し、アパートの掃除、調理器具の洗浄、料理の世話をさせた。ビクラムはボランティアでラジを病院に連れて行き、キム医師と大倉医師の診察を 2 週間に 1 度受けていた。スカイプが接続され、技術者はラジの家の中での動きをニューデリーで家族が目撃できるようにした。インド料理用の*チャパティ*や *マサラは*調理され、冷凍保存されている。エミコは、ラジが会社に行くようになったら、彼のアパートまで迎えに行き、会社の営業時間終了後に彼を送り返すと約束した。ラージは、ムスカーンが気を配っている細かいことを気恥ずかしく思った。しかし彼は、これらの行動はすべて、彼女の彼に対する心配りと愛情から生まれたものだと認識していた。医師たちも、臨界期は過ぎたとはいえ、高安動脈炎は重篤な疾患であるため、甘えは許されず、常に監視が必要だと考えていた。メトトレキサートの代わりにシクロホスファミドを導入するかどうか、医師間で話し合いが持たれた。

インドに出発する前、ムスカーンは自宅で*サットサンを* 開き、*スラート・シャブド・ヨーガの*道を歩むインドの 5 家族を招待した。このグループは日曜日に集まり、瞑想の後、*ランガーを行*っていた。グループの主な目的は、自己認識と神の実現を得ることだった。儀式もなく、世捨て人もいない、あらゆる宗教、カースト、信条の人々が家族と普通の生活を送りながら参加できる、積極的な神秘主義の道だった。プログラムは、聖人の講話を録画したビデオで始まり、30 分の瞑想の後、家族全員が料理を持ち寄って昼食をとった。今日開催された*サットサングは* 、神への感謝祭であり、スピリチュアルな熟達者であり、親しい人たち全員がラージの回復を祈った。番組中、ムスカーンは、ラーj 、ヴィジャイとスニータの 3 歳になる娘パクヒを大変気に入ったようだ。彼女は談話の間中、彼の膝の上に座り、小さな指でラージの髭を弄り続けた。無邪気さには魅力があり、子供であろうと、幼児であろうと、ティーンエイジャーであろうと、大人であろうと、誰もがラジと一緒にいると心地よく感じた。それは、ラジに誰もが惹かれる本質的な資質であり、誰もがラジが最も好きだと感じていた。

瞑想のための集まりのほとんどは、日曜日にヴィジャイとスニータの家で行われ、ラージも定期的に参加していた。ヴィジャイとラージは同じ大学の出身で、その付き合いは 30 年ほど前にさかのぼる。実際、ビクラムとレハナとともに、この 5 家族は日本でのラージの良きサポートシステムだった。必要な時に、彼らは互いに寄り添っていた。ムスカーンがよく言っていたのは、異国の地では親族よりも友人の方が近いということだ。

ランガールが 終わると、スニタが「ボン・ボヤージュ」と書かれたケーキを持ってきた。ムスカーンは、こうした礼儀や好意が生涯の思い出となることが多いことに感動した。ケーキカットの後は歌のセッション。ムスカーンは、ラージでさえ『ジュルム』というヒンディー語映画の曲を用意していたことに驚いていた。

「ジャブ・コイ・バート・ビガッド・ジェイ

ジャブ・コイ・ムシュキル・パッド・ジャエ

タム・デナ・サース・メラ

O Humnawaaz.......................”

懇親会が終わると、ラジはリクライニングチェアに座り、ムスカーンは床に座った。今日は、彼女がニューデリーに発つ前の最後の夜だった。ビクラムとリハナは彼女を成田空港まで送ると申し出た。ラジがムスカンの三つ編みを弄り、顔を撫でている間、彼女は恍惚の表情で目を閉じていた。それぞれにとって、相手の幸せは自分の幸せよりも重要だった。人生の目標を達成するとき、ふたりは同じ方向を向いていた。彼らは、互いが互いの野望を達成し、マイルストーンを達成するのを助け合うことに満足を感じていた。

ラージ、ムスカーン、ビクラム、リハナは成田空港に到着した。手続きが終わると、4 人はカフェモカを飲んだ。ムスカーンは、ラージがこの 2 年間日本にひとりで滞在していたことも忘れて、家事のヒントをたくさん与えた。ラージは笑みを浮かべながら、ただうなずき続けた。やがてムスカーンはセキュリティチェックインに行く時間になり、ラジを強く抱きしめて去っていった。ラージの目には涙が浮かんでいた。ビクラムはラージの肩に手を置いて安定させ、リハナとともに空港の外に連れ出した。帰りの車中、ラージは無言で、ビクラムはラージの気分を変えようと明るい曲をかけようとした。銀座に着くと、ラジは散歩して帰りたいからここで降ろしてくれと頼んだ。ビクラムは彼をスターバックスの近くまで送り届け、ラージはコーヒーを飲みながら考えをまとめるために店に入った。約１時間後、彼は家に向かって歩き始めた。

10 分ほど歩くと、ハリー・ポッターシリーズのハグリッドに似た老人がマンドリンを手に道端に立っていた。ラージが彼とすれ違うとき、彼は言った、

サー買いたい？

何？

「私のマンドリンです

「必要ない」。

「とてもラッキーなマンドリンだ。運命を変えるかもしれない。お金がないと売れないんだ」。

ラジは数秒間考え込んだ後、マンドリンを手に取った。ヤマハが 1961 年に製造したボウル・パール、象牙、亀甲のインレイ・バック、「タテル・バグ」。d の銀線とティアドロップ型のボディを持ち、背面には多くのリブがある。ラジは目利きではなかったが、美術品が好きで集めていたので、これはコレクターズ・アイテムだと感じていた。老人はラジからマンドリンを受け

取ると、プレクトラムを取り出し、スチュワートのアルバム『Every picture tells a story』で初めて発表された『Mandolin Wind』のいくつかの音を弾いた。この優しいラブソングは、不気味な冬を一緒に乗り越えた後、最愛の人を恋しく思う男の気持ちを歌ったもので、音楽はラジの背筋を震わせた。音楽は、ラジが言葉で伝えきれなかったことを表現していた。ラージの魂の叫びをその奥底から発しているこの楽器を、彼はすぐに抱きしめたかった。ラジは老人に言った、

「買いたいんだ。いや！それを採用する〞

サーお金が必要なんだ。安物買いの銭失い。たった１万円だ。

ラジはマンドリンを見つめていたので聞こえなかった。老人は、おそらくラジが考え直したのだろうと思い、こう言った、

〝このプレクトラムの箱と、取り外し可能で調節可能なパッド入りのショルダーストラップが付いた革製のマンドリンバッグをお付けします〞

それを聞いたラージは言った、

「そうだ。そうだ。いくら？

「万円」。

「私はそれを受け取る。ありがとう！ありがとう！」。

ラジが老人の手からマンドリンを取り上げたとき、彼の目にはまるで自分の一部と別れるような痛みが感じられた。ラジは、まるで生まれたばかりの赤ん坊を抱くように、革袋に入れられたマンドリンを手に取った。それをしっかりと握りしめ、彼は家路を歩き始めた。数分後、彼はマンドリンを肩にかけ、ストラップでランドセルのように背負った。マンドリンは彼に熱狂を与え、まるで空気の中を歩いているような感覚を覚えた。背中の楽器の感触は、彼の歩みに強壮効果をもたらした。この光景を見て、ラジが重い病気の魔の手から戻ってきたとは誰も言わないだろう。彼のアパートの入り口にいた受付係でさえ、ラジが元気よくリズミカルにエレベーターに向かうのを見て驚いた。エレベーターのドアが閉まるとき、ラジが口笛を吹いているのが聞こえた、

「我々は克服する、

私たちはいつか克服する〞

彼のアパートに入ると、ラージは応接間にあったアンティークの*着物*棚の上を片付け、その上にマンドリンを置いた。チェリー色のキャビネットの上に置くと、楽器のウォルナット色がより魅力的に見える。ラージはソファのリクライニングチェアに座り、楽器を見つめ続けた。彼は、このエレガントな体にどんな未聴の音楽が待ち受けているのかをイメージしようとした。

いつ生き返るのか？プレクトラムの動きに反応させるには、どう演奏すればいいのだろう？楽器は初心者を惹きつけ、ラージは罠にはまりつつあった。彼はそれを望んでいた。

時間が経つにつれ、ラジはオフィスに入って 2、3 時間仕事ができるようになった。医師の診断を仰いだ後、半日出社することにした。CEO がラジにこのルーチンを許したのは、ラジの数時間でのアウトプットが、他の社員が 1 週間でこなすアウトプットを上回ることもあることを知っていたからだ。ラジが戻った朝、恵美子は「おかえりなさい」と刻まれたチョコレートケーキを用意していた。ケーキカットには、CEO の T・リー氏とともに全スタッフが出席した。ラジは彼らの愛と愛情に感動した。CEO から、家電製品を扱う日本の大手企業のロゴデザインとブランド・ラインの策定という新しいプロジェクトを任されたとき、彼は大きなモチベーションを感じたという。李氏が彼にこの仕事を与えた信頼は、彼の過去の実績がそのまま反映されたものだった。みんなが帰ると、恵美子が言った、

「ラジさん、戻ってきてくれて嬉しいよ。でも、少し気楽に考えたほうがいい。そのうちに、あなたの健康状態も良くなるでしょう。ストレスをためないようにしてください」。

「やってみます。ただ、震災を経験したのがこの部屋だったという事実を克服することはでき

ない。また床が揺れ、壁がぐらつくような気がする」。

「私たちは部屋を改築し、改装しなければならなかった」。

「部屋は新しくてきれいだった。しかし、あの事件の記憶を消すことは誰にもできない。あのとき起こったことが、この部屋に陰鬱で悲しい雰囲気を与えているのを感じる。それは本質的なものだ。部外者はそれを見ることも感じることもできないかもしれない。しかし、私は感じることができる。

「私もそう思う。当初、私はこの部屋に入るのをためらった。でも、少しずつここに来る勇気が湧いてきた。隅にあるシヴァ像は、胴体の上部に亀裂が入っている。私はそれをそのまま保存した。何が起こったかを思い出すために、そして不変のものなどないという教訓として。私たちは空中に城を築き、それは一瞬にして塵と化す。

「その通りだ。しかし、この 1 カ月で学んだことは、過去を手放し、その先に待っているものを受け入れるべきだということだ。すべての瞬間を楽しむべきだ。私たちは一瞬一瞬に生き、人生のささやかな喜びを味わうのです」。

「だから、前にも言ったように、ストレスをためないことだ。リラックスして。趣味を持つとか」。

「実は、そのことを話したかったんだ。マンドリンを習いたいんだ」。

「素晴らしい

″私のために先生を探してください″

「確かに。会社帰りに夕方の授業は大丈夫かな？″

「そうだ。週に 2 回か 3 回かな。土曜と日曜がいい」。

「確認させてください。2、3 日中に返信します」。

ラジはテーブルに座りながら、恵美子と自分がテーブルの下に座り、恵美子が仏教のマントラを唱えていたことを思い出した。恵美子が出してくれた緑茶を飲みながら、ラージは自分の考えをまとめ、人生を軌道に乗せるための計画を立てようとした。2 度目のチャンスを得る人はほとんどいないし、人生はラジに新たな始まりを与えてくれた。彼はベストを尽くしたかった。

初日、ラジは早めに家を出て散歩をした。周囲のコンクリートの建物を見ながら、彼は人々がどうやって過去を忘れ、生活を続けているのか不思議に思った。すべての損失は、新たな何かを生み出す。ムスカーン、アーマン、アミーナと遠く離れて暮らすことに意味があるのだろうか、と。ここで合流するか、ニューデリーで仕事を探すかだ。久しぶりにホームシックになった。アパートに着くと、彼はマンドリンを手に取り、まるで子犬のように撫で始めた。隅田川のこの岸辺では聞こえないが、綾菜は窓の横に座ってマンドリンを弾いていた。

愛染明王音楽院は間もなく、ラジをその境内に招き入れる。恵美子が接触してきたのだ。この研究所は日本の伝統音楽を教えることで有名で、2000 年前にプラトンが言った「リズムとハーモニーは魂の内なる場所に入り込む」という言葉を熱く信じていた。研究所の所長であるアヤナは、宇宙では永遠の音楽が奏でられていると感じており、生徒たちにピュトゴラスの言葉をよく引用していた。球の間隔に音楽がある」。世界はシャバドという聞こえる生命の流れによって創造され、維持されているというヒンズー教の哲学が彼女の中に根付いていた。これは、聖書のヨハネによる福音書 1 章 1 節にある「はじめに言葉ありき」と同じである。すべての宗教がそれぞれの言葉で、「カルマ」、「天の音波」、「ナーダ」、「ハーモニーのハーモニー」などと呼んでいる。アヤナにとって、音楽は崇高さを求め、普遍的な親とつながり、神を見出すための道具だった。有名な詩人ドライデンが言ったように、″音楽がどんな情熱を高め、鎮めることができようか？″。

プレーを学ぶ

恵美子とラージが、愛染明王音楽院に向かって歩いたのは、気持ちのいい夜だった。街は春も終わりに近づき、*桜の*花がまだ残っていた。これらの花は、人生のはかない性質を象徴していた。その短い生涯は、死と、自分の運命やカルマを受け入れることに関連していた。災害や致命的な病気は、日本社会にはつきものである。日本の戦闘機パイロットは、特攻するときに飛行機に*桜を*描いたとよく言われる。*サクラの*品種は 200 以上あるが、最も人気があるのはソメイヨシノだ。ピンクがかった白い花は魅力的だった。

恵美子とラージが愛染明王音楽院に入ると、ラージは安らぎの楽園に入ったような気がした。ラジはマンドリンを胸に抱えていた。レセプションで待っていると、民謡「さくら、さくら」が流れてきた。その旋律は、日本モードとして知られる五音音階であった。ラジは日本語を知らなかったが、この数行は自動的に覚えた、

「さくら、さくら」

ヤ・ヨ・ル・ノ・ソ・ラ・ワ、

み・わ・た・す・か・ぎ・り、

か・す・み・か・く・も・か、

に・ぞ・い・ず・る、

い・ざ・や、

い・ざ・や、

み・に・ゆ・か・ん"

このセリフが彼の記憶に残っていることに彼は驚いた。吉兆だった。雰囲気は伝統的で、工芸品の中には明治時代のものと思われるものもあった。部屋に焚かれたお香に酔いしれた。ラージは目を閉じ、音楽が彼の魂を高揚させるのを感じた。しばらくして目を開けると、青い*着物*に黒い縁取りをした上品そうな女性が目の前に立っていた。裾は足首まで落ち、その下に金色の細工が施された美しい青い*草履*が見えた。彼女の*着物*に巻かれていた帯は美しく、着る人の洗練されたセンスを映し出していた。ラージが彼女の顔に目をやると、目の前に人間の姿をした神聖な美女がいた。神はこの生きた作品を彫るのに時間をかけたようだ。左頬にある小さな黒いほくろが彼女の美しさを引き立てている。黒髪を束ね、紺色のスカーフには金糸の刺繍が施されていた。

ラジが我に返ったのは、恵美子に自己紹介されたときだった：「ラジさん！愛染明王音楽院院長のアヤナさんをご紹介できて光栄です。綾菜さんラジさんに会ってください。彼はマンドリンを学びたいと深く願っている」。

アヤナはラジにお辞儀をしてから、エミコに数分間日本語で話しかけた。ラジはここで迷った。彼はひとつの世界も理解していなかった。二人の会話は笑顔で終わった。恵美子はラジの方を向いて言った。綾菜は日本語しか話せない。彼女は英語やヒンディー語、その他の外国語を一言も理解できない。現在、あなたは日本語が堪能ではない。ここでの教育媒体は日本語である。共通語のない教育や学習は不可能だ」。

「でも、私は信じているし、理解しているし、音楽には言語がないとどこかで読んだ。私たちは出口を見つけることができる。私はマンドリンを弾かなければならないし、もし彼女が私を生徒として受け入れてくれたら嬉しい。この仕事は難しい。彼女を失望させないと伝えてください」。

エミコは仲介役として、ラジの情熱と彼の視点をアヤナに説明し始めた。音楽は人類の共通言語だ。あなたのプレーを見て学ぶつもりです。チャンスをください。私の情熱と決意はどんな壁も乗り越えるだろう。私は致命的な病気に苦しんでいて、あまり時間がない。時間との戦いだ。助けてください。私はスーフィズムの学生であり、ハザラット・イナヤト・カーンのように、『人は耳を通してだけ音を聞くのではなく、身体のあらゆる孔を通して音を聞くのだ。音楽は私の魂と私が苦しんでいる病気を癒してくれるものだと感じている。助けてください！」。

綾菜はその言葉を理解できなかったが、その言葉から伝わってくる感情と決意に、このユニークな実験に挑戦する価値があると確信した。エミコはすでにラジの健康状態やバケットリストの最後の願いについて彼女に説明していた。彼女はラジが今言ったことを訳した。アヤナはラジの手からマンドリンを受け取り、ボウルの穴に貼られたラベルを読んだ。1961 年ヤマハ製と書かれていた。彼女はそれを子供のように左腕に抱え、ボディに施された真珠、象牙、亀甲の象嵌を愛撫した。ラジは、彼女のタッチが楽器を充電しているのを感じ、彼女が ″G ″の弦を弾くと、楽器に命が吹き込まれた。彩奈はマンドリンのチューニングを始めた。G-G-D-D-A-A-E-E という各弦が彼女の指に合わせて奏でられ、メロディーが高まっていく。彼女は桑原康夫の「ノヴェンバーフェスト」を弾き始めた。彼女の才能は、普通に弦を弾くだけでなく、指やナックル、プレクトラムを楽器のさまざまな部分に当てて音楽を作り出すところにも表れている。それは崇高な形の芸術だった。ラジの目は畏敬と驚きに満ちていた。音符が鳴るたびに、彼は体がうずくような感覚を覚えた。肉体的なものであれ、より高い次元のものであれ、その喜びは計り知れない。ラジは自分もプレーしたいと願っていた。

アヤナはマンドリンを彼に手渡した。ラジはそれを受け取り、両腕で抱きしめた。綾菜は立ち上がり、「ナマステ」と手を組み、部屋を出て行った。ラージは、廊下を歩く彼女が放つ気品と優雅さに目を見張った。恵美子は笑いながら「おめでとう」と言った！彼女はあなたを生徒として受け入れている。授業は土曜日と日曜日の午後 7 時から 8 時まで。〃

「ワオ！神様、ありがとう！私は信じない。授業料はいくらですか？そうしなければならないのか？

登録しますか？

「オンラインでできる。料金はわずかです。月 10,000 円、つまり 12 クラス分です。〃

「いつ始める？

「次の土曜日最初の 2 クラスは私が同行しますので、コミュニケーションに問題はありません。アヤナの夫は英語が堪能で、研究所の運営に一部携わっています」。

「彼女は結婚しているのか？

「そうだ！ライ三菱は彼女の夫である。著名な小説家であり、その作品は国内外でさまざまな賞を受賞している。二人は結婚して 30 年になるが、芸術や音楽の集まりやワークショップによく招かれる。

「どうしてそんなに詳しいの？

「彼らは有名人であり、私たち日本人は、彼らがわが国の文化と伝統に貢献していることを誇りに思っている。あなたのチューターは普通の人ではない。彼女の演技は全米の乾杯の音頭だ。このようなイベントに参加することは、私たちの社会における〝誰〟にとっても名誉なことなのだ。安心してほしい。ベストから学ぶのだ。

〝なぜ彼女は私を生徒に選んだのか？〟

「彼女はあなたの中に神聖な輝きを見たと言っていた。アヤナは、言葉によるコミュニケーションがなくても、あなたのベストを引き出す自信がある。これは実験であり、アヤナが先生であなたが生徒であれば、成功は約束されていると私は信じている。さらに彼女は、科学が音楽療法への扉を開きつつあり、もしかしたらあなたの免疫系障害を治療できるかもしれないと感じている。音楽療法はパーキンソン病、心臓病、神経疾患の治療に成功している。音楽のいいところは、副作用がないことだ。最善を祈ろう。

恵美子とラージは研究所を出て、それぞれの家に向かった。ラジはトランス状態に陥っているようで、この 1 時間に起こったことのすべてを理解することができなかった。病気のため、ラージは 1 キロ以上歩くことができなかった。まるで足に翼が生えたようだった。マンドリンを肩に担ぎ、スターバックスのレストランに入った。

日間がすぐに過ぎてしまう。ラジのスケジュールは、通院、オフィスワーク、プールでのウォーキングやヨガなどの厳しい運動など、ぎっしり詰まっている。土曜日が来て、ラジは初めてのマンドリン教室に出席することになった。ラジは愛染明王音楽院の受付で待っていた。彼の不安と熱意はとどまるところを知らない。やがて綾菜が到着し、彼を音楽室に連れて行った。ラージは部屋の雰囲気と内装に惹かれた。部屋の壁に沿って、バイオリン、マンドリン、ギターが置かれたテーブルが見えた。ベートーヴェン、モーツァルト、ヴィヴァルディ、ストラヴィンスキー、レッド・ツェッペリン、ロッド・スチュワート、ビル・モンローなど、多くの著名な音楽家の写真が壁を飾っている。ブッダの胸像も木製の台の上に大きく飾られていた。部屋の中央にフットレストのついた椅子が 2 脚あった。アヤナはラジに椅子を一つ差し出し、彼女はもう一つの椅子に座った。ラージは彼女から目が離せず、不安だった。彼女はエレガントに着飾り、彼女から発せられる等身大の優雅さは言葉では言い表せない。彼女はゆっくりと片足を選び、フットレストに置いた。ラージは彼女の姿勢を見て、同じようにする。彩奈は微笑みながら彼のマンドリンを手に取り、ネックを垂直から 45 度の角度にして右膝の上に置いた。親指と人差し指で首を挟み、手のひらを首の後ろに近づける。手首はまっすぐでリラックスしている。ラジはマンドリンを持つ彼女を熱心に観察している。ラジがマンドリンの持ち方を視覚的にイメージできるように、彼女はこの行為を何度か繰り返す。

続いて、右手の親指と人差し指で亀の甲羅のプレクトラムをつまみ、マンドリンの 1 弦と 2 弦を叩く。彼女は両弦を上下に動かしながら打ち続ける。弦の上でプレクトラムを速く動かすと、心地よい音楽になる時が来る。彼女はマンドリンをラジに手渡し、上目遣いで同じことを繰り返すように言う。ラジはボウルを膝の上に置き、楽器のネックを左腕の親指と人差し指で挟むのが苦手だ。綾菜は彼の手に触れ、正しいグリップを握る手助けをする。彼女のタッチはソフトだったが、しっかりしていた。彼女のこのタッチは、彼の体に感覚を与える。最初のペア（ ）の弦を連打しようとするが、失敗。4 回目か 5 回目の挑戦で、彼は成功し、彼女は励ましと成功の笑顔を見せる。

ゆっくりと、そして着実に、ラジはコツをつかみ、彼のプレクトラムはリズムに合わせて'G'弦を上下に動かし始める。右手を上げ、「ゆっくり、それからプレクトラムの動きを大きくして」と伝える。ラジはこの練習を楽しみ、彼女は弦の'D'ペアに移るよう指示する。マンドリンの音色が変わり、ラジはそれに興奮する。彼女の指示を待たずに、彼は3組目、4組目へと移動した。彼女は彼の熱意に微笑み、4つのペアすべてを順次プレクトラムで動かすことを許可する。今日がラジの最初のレッスンで、アヤナの目的はマンドリンの感触をつかみ、持ち方を教え、プレクトラムで弦を弾く経験を積ませることだ。彼女はラージがマンドリンを弾く可能性があることを観察し、さらに彼の内なる学びたいという欲求がそれを補う。ついに完璧な教師が理想の生徒に出会った。

1時間後、アヤナが玄関まで見送ると、ラージはまるで空を飛ぶように自宅へと向かった。時折、彼は振り返って、アヤナが残した研究所や、彼女がよく座ってマンドリンを弾いていた1階の窓の方を見た。彼のステップもまたリズムを刻んでおり、そこには音楽のような感覚がある。ラージは音楽の世界に足を踏み入れた。アヤナにとってもそうだろう。音楽は、肉体的、感情的、精神的、社会的、美的、精神的なあらゆる面で、彼らの人生において支配的な役割を果たすだろう。神の恩寵、あるいは球体の神聖な音楽は、すでに福島第一原発の火災を制御している。あと数日もすれば休眠宣言が出され、地元住民へのさらなる脅威は後退するだろう。原子炉を海水とホウ酸で満たすことで、放射線レベルを下げることができた。日本での生活は一変した。音楽は人を変え、物理的な世界を変え、精神的な領域を変えることができる。神秘主義者は、世界はしばしば終末を迎え、その後、聞こえる生命の流れや球体の音楽によって再び創造されたと強調する。この音楽は日本とラジを蘇らせ、再生させるだろう。

茶道

夏が東京を包んだ。音楽のクラスで練習を重ねるたびに、ラジは季節のサイクル、鳥の渡り、私たちの誕生と死のリズムを観察した。彼は教室でのセッションで、言葉を超えて人々をつなぐ音楽の力を感じた。生徒と児童の間には非言語的な関係が生まれていた。音楽はデュオをより高い次元へと導くものだった。音楽は、言葉で表現できる以上のものを伝えてくれる。

ある日、アヤナの夫であるライ三菱がラジをお茶に誘った。綾菜も加わった。ライはジャスミン茶を淹れ、和菓子とせんべいを添えた。ラジさん、僕はミュージシャンではないかもしれないけど、音楽が大好きなんだ。クラシック音楽は私の心の近くにある。私は、肉体を離れた後も人生の音楽はずっと残ると熱く信じている。それは永遠であり、すべての創造の源である。

「ライさんこれは私のスピリチュアルな熟練者の教えでもある。聖書には「初めに言葉があり、言葉は神とともにあった」とある。私のスピリチュアル・マスターは、言霊の二つの顕現は光と音であり、世界はそれらによって創造されたと述べた。全宇宙の存在と機能におけるリズムは、光と音を通して行われる。この神聖な音は、球体の音楽である」。

「ラジさん私たちも同じことを信じていますし、綾菜さんを通してより深い知識を得ることができると思います。私にとって彼女はアデプトだ。日本に住んでいるのだから、日本語を学ぶべきだと思う。ここだけの話ですが、たまにはお茶でもご一緒して、通訳としてあなたの疑問を解消したいと思います。個人的には、楽器を教えたり学んだりするのに、言葉によるコミュニケーションは必要ないと感じているけれどね。*おはようございます」「こんにちわ、ありがとうございます」「ドウイタシマシテ*」など、簡単なフレーズで十分です」。

「ライさん日本語を学ぶ必要性を感じたことはない。しかし、ここ数日、私はこの言語を学びたいと心の底から思っている。それは私の魂の叫びであり、私はそれを実行する」。

ラジはそう言いながら、アヤナを見ていた。2 人の会話は理解できなかったが、彼女は彼に微笑んだ。ライは妻のために二人の会話を通訳した。

お茶会の後、ラジは彼のクラスに出席した。この数週間で、彼は主要な音を覚え、打ち込みが上手になった。今日、アヤナは彼の心の底に響くようなことを教えようと計画した。彼女はインドの国歌の最初の 4 行を演奏した。

「ジャナガナ　マナ　アディナヤカ　ジャヤ　ヘイ

バーラタ・バーギャ・ヴィダータ

パンジャブ州　シンド州　グジャラート州　マラーター州

ドラヴィダ・ウツカル・バーンガ

マンドリンで奏でられるベンガルの詩人ラビンドラナート・タゴールのこの一節が、ラージの目に涙を浮かべた。異国の地に座り、外国人から音楽を習い、それも自分の国歌について習うというのは、あまりに圧倒的だった。演奏される音符は正確で、それも天使のような女性によるもので、見るものを圧倒した。音楽は彼の精神を肉体から天国へと超越させた。しかし、これは始まりに過ぎなかった。彩奈は再びこの曲を演奏し、今度はメロディアスな声で歌詞を歌った。ラジは信じられなかった。

アヤナが国歌の歌詞と音符を見つけ、それを学び、完璧に近い形でマスターするまでに費やした労力と決意の大きさに驚かされる。それも生徒が 1 人のクラスでだ。ラジが学んだ教訓は、情熱と勤勉さがあれば何でも可能だということ、そして音楽の世界は、生徒である限り巨匠が巨匠であり続ける金鉱だということだった。

ラジは楽譜を調べ、国歌を演奏しようとした。音符はシンプルだったが、タイミングを合わせるのが少し難しかった。30 分ほどで、彼は

"*Jana Gana Mana...* "を演奏した。定期的な練習が彼を完璧にする。アヤナはまた、インドが採用している国歌はラビンドラナート・タゴールが作曲した長い曲の最初の一節に過ぎないという内容の国歌に関する文章を彼に贈った。音楽についてのこのセッションは、インドの伝統と文化についての授業へと発展していった。

皮肉なことに、彼は日本人から自国のことを学んでいた。アヤナがこの 1 時間で成し遂げた成功は、ラージの心に自国の音楽への情熱を燃え上がらせたことだ。世界中のどの国にも独自の音楽と文学があり、それを鑑賞する最善の方法は、まずそれを自分の地元の作曲として受け入れることから始めることだ。

ラジは、私たちは豊かな文化遺産を当然のものとして受け入れていると感じた。授業が終わって家まで送っていくとき、彼は国歌斉唱を音符にのせて歌い、その音符を小道で足でたたいた。彼が学んでいる音楽は、彼の体、血管、動脈、そして魂にまで入り込んでいる。それは太陽の光や星の瞬きと同じように自然なことであり、呼吸と同じように必要なことだった。それは世界の驚異、つまりその美しさと神聖な本質を知覚し、理解することだった。喧噪の中で音楽を聴くのは容易ではない。それは魂から発せられ、魂に聞こえる。

この段階でのアヤナの目的は、ラジのリスニングと鑑賞の能力を伸ばすことだった。一度良い音楽を熱烈に愛するようになれば、あとは自動的にそうなる。ラジには未開発の可能性があり、彼は棚で埃をかぶっているような楽器ではなく、鑑定家の手にかかれば自然を踊らせることができると確信していた。完璧な教師がついに完璧な弟子を見つけたのだ。

音楽がラジのアパートの 4 つの壁を包んだ。ラジは日々の雑事をこなしながらも、音楽システムをかけ、ロンダ・ヴィンセント、シン・シサムス、ウーゴ・オルランディ、サラ・ジャロス、U・スリニヴァスといったミュージシャンの演奏を聴いていた。そして、マンドリンの音に合わせて料理を作るようになった。マンドリンは彼の世界の中心になった。授業が進むにつれ、音楽への情熱も増していった。ポジティブなエネルギーが彼の中に浸透している。

セントポール国際病院の医師たちは、彼の血液中の CRP と ESR の値が安定し、わずかながら低下傾向にあることを喜んでいた。彼らは、メトトレキサートとプレドニゾロンがこれらのパラメーターをコントロールしていると考えていたが、音楽も重要な役割を果たしていることは間違いない。ムスカーンは、ラージが定期的に行っている瞑想の練習が、ステキな役割を果たしているのではないかと感じた。もしかしたら、この 3 つの要素すべてがラージの自己免疫疾患の原因だったのかもしれない。

土曜日になり、ラジは意気揚々としていた。彩奈は 5 人の生徒たちと茶会を計画していた。この振付の儀式を日本語では「茶の湯佐渡」または「お茶」と呼ぶ。この儀式では、抹茶と呼ばれる緑茶が点てられ、菓子とともに供される。この儀式には特別な技法があり、平和、調和、尊敬、純潔を象徴している。生徒たちは*町内に*入ると、石の洗面器の水で手と口を洗った。アヤナは一礼して一行を歓迎した。この行為は、外界の「塵」を取り除くことを反映している。アヤナは道具をきれいにし、優雅に抹茶を点てた。彼女は茶碗をラジに手渡した。指が触れ合うと、ラジの体に電流が走った。酩酊の極みに達した。自分がどこにいるのか気づくまでしばらく時間がかかったが、先ほどの指示通り、彼はボウルを鑑賞し、一口飲んで拭き、ボウルを回転させて次の客に手渡した。この行為をしているとき、彼は綾菜の目をちらりと見て、血管に温かさが走るのを感じた。彼は、この神聖な儀式を執り行いながら、自分が冒涜をしていないことを切に願った。茶碗が彼の手に届くたびに指が絡み合い、その握りはさっきよりも長く続いた。視線は視線に変わり、長いアイコンタクトの磁力が彼女の魅力を増幅させた。

茶道の後、美味しい料理が振る舞われた。*丼物*、*刺身*、*焼き魚*で構成されている。ラジは菜食主義者なので途方に暮れていた。しかし、ベジタリアンの*焼き鳥と 串カツの*大皿が出されたとき、彼は感動した。アヤナはゲスト一人一人に気を配っていた。ラージは、なぜ彼女が彼が菜食主義者だと知っているのか、当惑していた。おそらく、恵美子から調べて精進料理の串焼きを用意したのだろう。第 3 のコースが出されたとき、ラジの喜びはとどまるところを知らなかった。*しゃぶしゃぶ*、つまり蒸しスープで野菜を煮込んだ鍋である。この器を差し出しながら、彩奈は「*いただきます*」と言った。

ラジは「*アリガトウゴザイマシタ* 」と答えた！*ごちそうさまでした*」。

彩奈は日本語での返答に少し驚き、微笑んだ。ラジは昨日、ビクラムと夕食を共にしたとき、彼からこの言葉を教わった。ラジのなかには言葉を学びたいという衝動が芽生え、そのようなときに使えそうなフレーズをいくつか覚えることから始めた。食事が終わり、客たちがたわいもない会話をしているとき、ラージはときどきアヤナを見続けた。そのたびに目が合った。言葉など必要なかった。ラジの脳裏に流れたロッド・スチュワートの曲がすべてを物語っていた：

「ロマンチックな言葉は苦手なんだ

だから、次の数行は本当に難しい

大したものは持っていないが、持っているものは君のものだ

スティール・ギターを除いては

あなたがプレーしないことは知っている。

でも、いつか教えてあげる

愛しているから

隅田川を見下ろす部屋の窓からは、ボートが行き交い、数組のカップルがデッキで踊っていた。太陽が沈み、夕闇が恋人たちを包み込む前に、太陽の光がダンサーたちに癒しを与えていた。突然、生徒の一人がテレビのスイッチを入れると、老夫婦が抱き合って泣いている姿が映し出された。彼らは震災のときにお互いを失っていたが、数カ月後に再会した。多くのことを話し、説明しなければならなかったが、死んだと思われる人物を目の当たりにしたときの圧倒的な感動は、すべてを語らないままにした。言葉は必要なかった。触れ合い、涙を流し、抱き合うだけで十分だった。地震と津波によって破壊された街は再建されつつあり、その中で多くの失われたもの、見つけられたものの物語が紡がれていった。人生は隅田川のように流れ続けた。

京都訪問

大阪、奈良と並ぶ関西の中心地である京都で、国際マンドリンフェスティバルが開催された。この都市は 1,000 年以上にわたってこの国の首都であり、4,000 もの歴史的モニュメントがある。フェスティバルの主催者がこの街を選んだのは、日本の伝統的な文化や雰囲気を体験したい人にとって、目の肥えた目的地だったからだ。

アヤナは、国際マンドリン・フェスティバルに 5 人の生徒を連れて行くことにした。さらに、生徒たちは歴史的な寺社を訪れ、禅の庭園やエキゾチックな竹林を散策し、木造の茶室で見事な*着物に*白塗り姿の芸者を垣間見ることができるかもしれない。京都は、腕時計を東京に置き去りにして、狭い路地を亀の歩みで歩くのが、最高の探索と体験だ。

ラジと彼の同僚たちはこの機会に大喜びだった。二人は綾菜とともに東海道新幹線のぞみで東京から京都へ向かった。所要時間（2 時間 40 分）は短く、甘かった。アヤナは、教え子たちが見せる熱意と情熱に満足していた。国際的なイベントに参加するのは初めてのことだった。生徒たちは誰も代表チームには入っていなかったが、マンドリンの巨匠たちの演奏を聴く絶好の機会だった。アヤナは審査員を務め、音楽祭のオープニングセレモニーでマンドリンのソロリサイタルを行う。

ホテル・アマン京都のオーナーとの個人的な関係で、綾菜はそこに滞在していた。このリゾートは宝石のような場所で、*マミジの*間にお地蔵様が設置されている。鬱蒼とした森の中にあり、静かなスパと温泉がある。ラジはこのホテルのスイートを予約していたが、他の生徒たちはフォーシーズンズホテル京都を予約していた。トリニティ広告社は、アマングループのホテルのアカウントを獲得しようとしていたため、ラージはまずこのホテルを見たがった。しかし、そこに留まるのには個人的な理由があった。

京都に到着した一行は、午前 10 時にウェスティン都ホテルで再集合し、午前 11 時にフェスティバルの初回セッションを行うという指示を受け、それぞれのホテルに向かった。

アヤナとラージはホテル・アマンにチェックインし、それぞれのスイートルームに向かった。ラージが割り当てられたスイートは、*畳*敷きで、*檜の*バスタブがある伝統的なデザインだった。スイートルームのキングサイズのベッドは、日本の紅葉を描いたリネンで心地よさそうだった。巨大な窓からは庭と森が見渡せ、遠くには丙山が見える。ラージは服を脱ぎ、シャワーを浴びて温まった。シャワーを浴びた後、戸棚に置かれた威厳のあるローブを着てベッドに崩れ落ちた。昼食を食べに行く前に 1 時間ほど昼寝をし、その後、温泉かスパに行くつもりだった。頭が枕に触れると、ラージは超現実的なファンタジーの世界にうとうとと入っていった。

ラジは 2 時間ほど眠っただろうか、突然インターホンのベルが鳴って起こされた。彼は受話器を取ると、ローブを羽織ってアヤナのスイートルームに急いだ。その電話はホテルの総支配人からで、アヤナが体調を崩しているので、彼女のスイートルームまで来てもらえないだろうか、という。ラージはアヤナがベッドに横たわり、その周りに 2 人の男と 2 人の家政婦が立っているのを見つけた。ホテルの GM である大沢良介氏が前に出て言った、

「ラジさん佐藤昭幸医師を紹介しよう。亀田メディカルセンター総合診療部長。シャワーを浴びている最中に体調を崩し、緊急ボタンを押した綾菜さんを診察した。血圧が高く、めまいがする。彼女は薬を服用しているのですが、今日は薬を飲みそびれました」。

心配することはありません。サイアザイド系利尿剤を投与し、少し休めば回復すると思います」。

ラジはアヤナのそばに行き、回復するまで一緒にいると言った。彩奈は目を瞬かせ、これでいいと言った。他の全員がスイートルームと佐藤医師を後にした。帰り際、彼は、薬は処方通り続けてもいいし、電話一本で駆けつけられると言った。ラージはドアを閉めると、アヤナのベッドの横の椅子に座り、こう言った、

"三菱さんにしかられますか?"

綾菜は首を振って言った、

「いいえ！彼は心配している。*モスグ元気になります"*

ラジは彼女の言葉の後半は理解できなかったが、彼女の願望は理解した。アヤナとラージは片言の日本語でコミュニケーションを取り始めていた。ほとんどの場合、非言語的なコミュニケーションで十分であり、マンドリンを演奏している間、その必要性を感じたことはなかった。音楽には独自の言語がある。彩奈は額に手を当て、押し始めた。ラジは、頭痛は高血圧のせいかもしれないと見た。彼は立ち上がり、彼女に何か手伝えることはないかと尋ねた。彼女は首をかしげた。ラジはアヤナの額に手を当て、圧力をかけた。彼女の額は温かかった。大学時代、ラジはリフレクソロジーと指圧を学び、ツボを熟知していた。数分後、アヤナはリラックスした。ラジが第三の目の近くのツボを押すと、陽のエネルギーが解放され、頭から体の他の部

分に流れ始めたからだ。伝統的な中国医学では、この第三の目のツボは GV24 と呼ばれ、GV は Governor Vessel の略である。研究者の中には、この施術が人間のリンパ系を活性化し、神経の緊張を取り除くと言う人もいる。綾菜の体が弛緩し始めた。ラジは、彼女の肩と背中を押してあげられないかと頼んだ。彼女の返事は前向きだった。

ラジは指先で彼女の肩に圧力をかけた。彼は、首の関節で脊髄をマッサージできるように、左を向くように彼女に頼んだ。振り返ったとき、ラージは彼女が服を着ておらず、タオルを巻いていることに気づいた。不安を感じたのだろう、非常ボタンを押してシャワー室から出ると、ベッドに横になった。ラージは目の前に広がる美しさに唖然とした。彼女の裸体を見ているうちに、慌ててガウンを羽織って彼女の部屋に来たことを思い出した。脊髄を指先で動かすと、アヤナの唇から小さなうめき声が聞こえた。彼の手が下へ下へと滑るように撫でられると、彼女の体の震えが増した。ラジは脊髄の終わりまでマッサージを続けた。綾菜が太ももを数回揉みしだき、体を解き放つのを感じた。ラジはゆっくりと背中への手のストロークを減らし、しばらくして彼女の体を仰向けにした。体を覆っていたベッドシーツがずり落ち、乳房があらわになった。綾菜は目を閉じて眠っていた。彼女の唇には神妙な笑みが浮かんでいた。ラジは恍惚とした表情で彼女の顔を見続けた。ラージはベッドシーツを手に取ると、まるで小さな子供のように彼女を引き寄せた。彼女の無邪気な表情は、この世のものではなく、どこか高次の精神世界のものだった。ラージはベッドの横の椅子に座り、目を閉じた。

夜 9 時頃、ラージが目を覚ますと、アヤナはベッドから出て、白い*甚平を着て*窓際でお茶を飲んでいた。彼女は笑顔で、だいぶ良くなったと伝えた。ラジが立ち去ろうとすると、彼女はルームサービスで何か注文するから、レストランで朝食を食べよう、と言った。ラジが部屋を出ようとすると、彼女は彼に近づき、無邪気に頬をつつき、「*アロガトゴジマシタ*」と言った！〃もう、*何も言うな*！〃

ラジが部屋を出たとき、喉にはしこりがあった。

出発

国際マンドリンフェスティバルの初回セッションは大成功だった。綾菜は回復し、そのパフォーマンスは日本だけでなく世界の音楽界で広く評価された。ラジとクラスメートは、アヤナが個人的に知っている巨匠たちに会う貴重な機会を得た。2 つのセッションと昼食の後、綾菜は東京に向かいたいと言った。ラジはオフィスから緊急のメッセージを受け取り、アヤナに同行したい旨を伝えた。

アヤナとラージは最終の新幹線で東京に戻ることができた。列車が発車すると、ラジは恵美子からメールで受け取ったメッセージをアヤナに見せた。アヤナは、ラジがトリニティ・アドバタイジング社のグルグラム支社に異動し、支社長に就任したことを知り、驚きを隠せなかった。彩奈は彼の手を叩いて言った、

*「ヨカッタネ！*ご家族のためにおめでとう！”

ラジは複雑な心境だった。彼は仕事の昇格と家族と一緒にいられることを喜んでいたが、一方でマンドリンへの愛と綾菜への愛情が抑止力になっているようだった。アヤナにはラージの気持ちが理解できた。彼女は日記を取り出し、マ

ンドリン奏者のウスタッド・ハーフィズ・カーンの連絡先を見せた。彼女は、ニューデリーでラジを紹介するから、マンドリン教室を続けてほしいと言った。列車が東京に向かって走るなか、ラジは目を閉じ、アヤナは窓の外を見つめた。アヤナは、運命がこのような展開をもたらしたことに感謝していた。ラージは人間的にも良い人だったし、家族の絆も深かった。一方、夫は最近、結婚記念日のお祝いの一環として、ヨーロッパツアーのチケットを予約したと知らせてきた。彼らは、約 30 年前に新婚旅行で行ったのと同じ場所を旅行し、同じホテルに滞在する。

東京に着くと、アヤナとラージはホームで別れた。ライ・ミツビシはアヤナを迎えに、コバヤシとビクラムはラージを迎えに来た。帰り道、エミコはラジに、月曜日にニューデリーで大きな会議が予定されているので、週末に帰らなければならないかもしれないと伝えた。すべてが光の速さで起こっているようだった。ラジはジェットコースターに乗っているようだと感じた。ビクラムは、彼が 2 日間の休暇を取り、すべての荷造り、予約、家の賃貸借契約の解除、電話やケーブルテレビの切断を確実に行うので心配する必要はないと自信を与えた。彼は、彼らが空港に向かうまで、自分のアパートに移ると言った。

家に着くと、ラージはムスカーンに電話をかけ、朗報を伝えた。彼女は歓喜し、嗚咽を漏らし始めた。ラジはアーマンとアミーナの喜びの声を聞いた。人生がこんなに早く軌道修正できるなんて信じられない。恵美子がコーヒーを 3 杯淹れると、ビクラムは電話をかけ始め、ラージはリクライニングソファに座って呆然としていた。彼は目を閉じ、霊的な助言者から教えられた 5 つの霊的な名前を繰り返し唱え始めた。数分後、彼は内なる平和を感じ、体がリラックスし始めた。数日後には生活が一変する。

ビクラムはラージの隣の椅子を引き、明日、大倉医師とノリ医師にアポを取り、グルグラムにあるニルヴァーナ病院の有名なリウマチ専門医、P.K. シン医師に紹介すると言った。彼の病歴は 2、3 日中にラジと P.K. シン医師にメールで送られる。しかも、翌日には荷造り業者が来るし、大家は特例として違約金なしで解約することに同意している。ビクラムはワンマンアーミーで、ラージは彼がいなかったらどうなっていただろうと考えていた。日本滞在中、ビクラムとエミコは彼の生命維持装置だった。

突然、ドアベルが鳴り、ビクラムのレストランから 2 人のスタッフがラージの好きな野菜ビリヤニ、豆腐、グラブジャムンを持って入ってきた。彼らは恵美子、ラジ、ビクラムに料理を振る舞い、去っていった。恵美子もまた、明日の夕方、ラージの服をまとめるのを手伝いに来ると約束し、一緒に出て行った。ビクラムとラージがバルコニーに出ると、川を行き交うボートと、屋上でパーティーをするグループが見えた。とラジは言った、

「これがニューデリーで私が恋しく思うことだ。

「ジャムナ川でも同様のプロジェクトを立ち上げるべきだ。

インドの許可は非常に難しいんだ。さらに、″ジャムナ川は干上がっている″。

ビクラムは葉巻を楽しみ続け、ラージは川の向こうでマンドリンが演奏されているのを無意識に感じていた。その柔らかな音楽は、彼の身体の隅々まで浸透し、物理的には離れているが、自分の中にいるような感覚を与えてくれるもうひとつの魂と、超越的な結合で彼を一体化させるようだった。両者にとって音楽は親密な行為だった。それは彼らの心を落ち着かせ、身体をリラックスさせ、感情を解放し、魂をひとつにした。最近行われた研究によると、音楽は私たちの身体の反応を反響させるだけでなく、私たちも音楽を反響させるのだという。ウパニシャッドやシーク教の聖典でさえ、魂とオーバーソウルとの結びつきには『耳こそが道である』と強調している。

ラジが東京で過ごした最後の数日間もそうだった。すべてがうまくいき、医師も彼の体調はかなり良くなっていると言っていた。ラージは、親しい人たち全員に挨拶する時間がなかった。しかし、懸案事項を終わらせるために 1 ヵ月後に 1 週間戻ってくる予定だったため、希望はあった。彼はビクラムに言った、

「1 ヵ月後に戻ってきたら、友人たちに感謝の夕食会を開きたい。

ビクラムは答えた。パーティーのテーマは、日本とインドの文化の融合です」。

土曜日、ビクラムとリハナは彼を成田空港まで送った。彼は出発ゲートで綾菜と三ツ菱ライを見て驚いた。ビクラムが手配したのだろう。彼らは彼にささやかなプレゼントを手渡し、明るい未来を祈った。綾菜が最後に発した言葉はこうだった、

「すべての夢が叶いますように

アヤナの目に涙が浮かんでいたのは、ラージがニューデリーにいる愛する人のもとへ飛んでいくだけでなく、東京を去っていくのだということを彼女が十分に理解していることを表していた。

エピローグ

日々は週となり、月となり、そして年となった。ムスカーンを擁するラージは、インド西海岸ケララ州の小さな町ベカルに移った。彼らのコテージは、鍵穴のような形をしたベカル・フォートを囲む、黄金色に広がる美しいビーチの近くにある。コテージはケララ州の伝統のオーラを放っている。その最も特徴的な外観は、椰子の葉で葺かれた迷路のような長い急勾配の屋根である。4 つの端にある切妻窓は、屋根裏の換気口となっていた。

彼らのコテージの隣には、『アヤナ音楽療法研究所』と書かれたボードが置かれたコテージがある。向かい合ったコテージはそれぞれ異なる建築様式。アヤナ音楽療法研究所は、藁葺き屋根で地面から高くなった木造建築の中にあり、印象的で、建物全体のほぼ半分の大きさである。わずかにカーブした軒がベランダを覆い、日本にいるような雰囲気を醸し出している。

2 棟のコテージの間には、インドでは*アラス*（*arasu*）、ボーディ（Bodhi）、フィカス・レリジオーサ（ficus religiosa）とも呼ばれる*ピーパル*の木がある。クリシュナ神がこの木の下で亡くなったと信じられていることから、インド文化と複雑に関係している。仏教徒は、ブッダが*ピーパル*の木の下で瞑想して悟りを開いたと信じている。薬効があり、アーユルヴェーダでは黄疸、泌尿器感染症、便秘、おたふく風邪の治療に用いられる。葉が厚く、空気中の酸素を大量に放出してオゾン層を強化する。

ラジは木の下で、ケーララでは一般に*イータ*または*コーラル*と呼ばれる杖の椅子に座っている。彼は白い*ムンドゥを着*ているが、これは伝統的な一枚布の*ドーティ*のようなもので、腰で結んで足首まで流れるようになっている。*ムンドゥ*の上に*ジュバ*を羽織り、丸いフレームの眼鏡と塩コショウの肩までの長さの髪で優雅に見える。ラージは胸まで届きそうな長いひげを蓄えている。彼は 1961 年に製造された古いヤマハのマンドリンを手に、弦のチューニングをしている。頭を上げると、額に赤い*ビンディ*をつけた*ムンドゥム・ネリヤトゥム*を着たムスカーンが近づいてくるのが見えた。彼女は*マサラチャイ*、*パコダ*、*クジャラッパム*を載せたトレイを持っている。彼女はそれをラジの椅子の横の杖テーブルに置き、彼の向かいにある別の杖椅子に座る。

今、クシから電話があったんだ。今週末、彼女とアーマンが来るんだ。アミーナも、会長との会談を延期することができれば、参加するつもりだ」。

ラジは「スーパーだ！カビールに会えるのを楽しみにしている。彼と出会ってから半年が経とうとしている。彼は歩き始めたと思う。WhatsApp で彼の最新の写真を見た。アーマンに似ているけど、クシの目の色をしている」。

″時の流れ″！あなたが東京から戻ってきてからもうすぐ 10 年、私たちがベカルに移ってから 5 年になります」。

「私は幸せだ。人生は私たちに優しかった。子供たちは落ち着いている。アーマンは幼なじみの恋人と結婚し、アミーナは仕事面でも極めて順調だ。人生の夕暮れ時に、これ以上何を求めることができようか？″

ムスカーンは*マサラチャイを 湯のみ*（陶器製で取っ手のない湯呑）に注いだ。ラージは、このカップで飲むと*マサラチャイの*味が倍増すると感じた。さらに、恵美子が同じような食器で緑茶を出してくれた昔のことを思い出した。ラジがお茶を飲んでいたカップにはモリアゲ技法で龍がデザインされ、ムスカーンがお茶を注いでいたカップには象牙光沢仕上げで神々や鳥の姿が描かれていた。

ビクラムからメールが届いたんだ。銀座のレストランを売却し、新宿のヒルトンにオープンした。ビクラムは、これは財政的に実行可能な提案だと感じているし、多くのインド人がそこに滞在するため、固定客を確保できるだろう」。

「リハナは元気か？

「現在は下の娘とボストンにいる。12 月にデリーに来るかもしれない。それなら、デリーへの旅行を計画すべきだと思う。親戚にも会えるし、瞑想会にも参加できる。

「それは素晴らしいことだ。*マには*久しぶりに会った。彼女は私たちに訪問を要請してきた。彼女は具合が悪くて来られないんです」。

「来週、アーリア・ヴァイディヤ・サラを訪れ、スレーシュ博士に会う予定だ。定期検診なのだが、*パンチャカルマ*を受ける時期が来たようだ。このトリートメントは、私の体をデトックスするのに大いに役立っている。アロパシーの医師たちは同意しないが、私はアーユルヴェーダが高安動脈炎を寛解に導くのに重要な役割を果たしたと確信している。

「アロパシー薬はバイタルコントロールに役立ちました。総合的な薬物療法と音楽も助けになったと感じている。アヤナは、あなたの復活にも大きな責任を負っている。私は彼女に永久に感謝し続けるだろう。キム博士や大原博士でさえ、これは科学的な領域ではないが、現在の研究では音楽が身体や病気に影響を与えることを部分的に認めている。あなたがここで行っている音楽の授業でさえ、循環器系疾患や自己免疫疾患に苦しむ生徒の多くを助けています」。

なぜアヤナはこんなにも早くこの世を去らなければならなかったのか？おそらく神は、彼の宇宙を運営するために善良な人々を必要としているのだろう。彼女はマンドリンで神聖な音楽を奏で、惑星を動かしているのかもしれない。彼女の研究所からすべての楽器、書籍、工芸品を送ってくれた三菱ライに、私は永遠に感謝し続けるだろう。ここの研究所に入ると、彼女の存在を感じることができる」。

「音楽療法は、アヤナの超自然的な存在と相まって、ここに入院する患者を助けていると感じています」。

″研究所を一周しよう″

ムスカーンとラージは椅子から立ち上がり、アヤナ音楽療法研究所に向かって歩き始めた。ラジの手はゆっくりと滑り、ムスカンの手を握る。彼の指が彼女の手を握り、手のひらがキスをする。ふたりはこのタッチひとつで、互いの鼓動を感じ取ることができる。誰かに手を握ってもらうことの心地よさほど、愛と平和を伝えてくれるものはこの世にない。

www.ingramcontent.com/pod-product-compliance
Lightning Source LLC
LaVergne TN
LVHW041853070526
838199LV00045BB/1579
9789359200637